# 此情可待

〔法〕程抱一 著
刘自强 译

人民文学出版社

著作权合同登记号　图字 01-2017-9268

**图书在版编目(CIP)数据**

**此情可待**/(法)程抱一著;刘自强译.—北京:人民文学出版社,2018
ISBN 978-7-02-013953-8

Ⅰ.①此… Ⅱ.①程… ②刘… Ⅲ.①长篇小说-法国-现代 Ⅳ.①I565.45

中国版本图书馆 CIP 数据核字(2018)第 043997 号

L'ÉTERNITÉ N'EST PAS DE TROP
© Editions Albin Michel-Paris 2002

责任编辑　卜艳冰　杜玉花
封面设计　高静芳

出版发行　人民文学出版社
社　　址　北京市朝内大街 166 号
邮政编码　100705
网　　址　http://www.rw-cn.com
印　　制　山东临沂新华印刷物流集团有限责任公司
经　　销　全国新华书店等
字　　数　115 千字
开　　本　889×1194 毫米　1/32
印　　张　6.875
版　　次　2009 年 3 月北京第 1 版
印　　次　2018 年 10 月第 1 次印刷
书　　号　978-7-02-013953-8
定　　价　39.00 元

如有印装质量问题,请与本社图书销售中心调换。电话:010-65233595

目 录

前言
1

此情可待
1

爱与美——与程抱一的对话录
170

# 前 言

*抱一*

三十年前，由于参加一次讨论会，我在巴黎东郊的罗岳蒙修道院小住。这座中古时期建立、战后经过修整的著名建筑处于园林中心，使它成为理想的会谈场地。精雕细刻的高耸石壁与参天古木的绿阴枝叶亲密地呼应着，似乎鼓励人类在他们之间也努力进行交谈。确实，在如此有利于协调谅解的环境之中，我们都深感到，作为具有语言能力的生物，我们，人，天然被赋予对话的使命。

然而，在这次以不同文化间的交流为主题的讨论会上，我能衡量出在人与人之间、文化与文化之间的真正对话是多么困难，倘若想不局限于肤浅的谈论，对话要求参与者超越表面差异，接受他人进入各人存在的深层：那里才是生命提出基本的极限的一些问题的所在之处。面对这些问题，各人会作出特定的回答，在此基础上的相互了解与探求固是对话的主旨，也许更重要的是：既然有缘对他人深度了解，各人自身应作出变化性的启发、吸收与创新。

由于应该谈谈十五年前我离开的原籍国家的文化，我感到一种几乎是肉体的需要去重新投入从前我曾经熟读的好几本书，或者去查询其他一些我尚未涉猎的书，以丰富我的思考。正是这时发生了一个我形容为神奇的巧合事件。一位讨论会的负责人偶然向我提到，在修道院的一间大房间中，散乱地存放着大量的中国书籍。这是一位现已去世的老汉学家在二十世纪五十年代由中国带回来的。不用说进入那间房时我是多么兴奋了。我一眼看到靛青色调的古书封面颜色，闻到它们散发出的那种草干后的芳香，而那用丝线装订的柔软纸页抚摸起来是多么温馨！随意翻开几卷常用的书本时，我注意到许多书页边上都写有注释或试译。于是我深深地感受到这位汉学家在那遥远的国家所度过的漫长的岁月，以及他为掌握这些表意文字所经历的时时刻刻的斗争。

我很快认识到他特别感兴趣的是明朝（1368—1644），好几篇出现在杂志中的文章，以及汇聚在那儿的大量藏书，均给出了证明。我没用多久便明白了其中的道理：这位致力于认识中国文化并与之进行对话的学者，还能找到其他如此丰富、如此令人鼓舞、比这更好的时代吗？

在推翻蒙古人所建的前一个朝代后，明朝在中国建立了一个强有力的政权，施行严厉的统治。但是在这政权逐渐衰微腐化之后，从明朝下半叶开始（16世纪中叶至17世纪最初的三十年），国家期盼着改变。历史形势促使社会进入了缓慢的转化。在帝国内部，城市的发展与商业的繁荣促进了"前资本主义"经济类型的诞生。在帝国之外，中国至此所认识的如莫卧儿帝国及萨非王朝等外国的存在，乃是通过丝绸之路；现在，国家进行了几次盛大的航海计划，才发现了南亚的国家；后来日本海盗不断入侵沿海省份，使之了解到这邻国的重要性；这也是正处于蓬勃发展的欧洲文化开始通过耶稣会士传入中国的时代。

面对这样的历史条件，思考中国文化变迁的人不能不上溯过去的千年。有一个先例显示出某些令人鼓舞的景象。确实，在汉朝于3世纪左右崩溃之时，沉入混乱中的中国曾因外来因素的介入，更确切地说，是由于佛教的传入而受益匪浅。并且在唐朝（618—907）及北宋（960—1127）出现了极不平凡的文化复兴。佛教以其对罪过的意识及对灵魂得到拯救的忧虑，以其在沉思中的程度与阶段的概念，构成了对中国思想的新贡献。

再回到我们关注的明朝，它的深刻变化还表现在整个一代独立思想家的出现，尤其以泰州学派的思想家著称，如反抗传统的王艮、李贽等。继之而来的思想家如王夫之、顾炎武及黄宗羲，后者甚至对帝制的正确性提出质疑。在文学方面，也显现出一些伟大的才子，其中归有光、袁宏道、张岱与李渔，他们的作品是独具性灵的自由抒发。此外中篇小说及长篇小说的创作皆突飞猛进，其中对现实的描写与人物的心理分析皆达到淋漓尽致的程度。所有的这些潮流也引发了绘画方面的强烈反响，特别是所谓"怪诞"画家的出现，如程邃、徐渭、陈洪绶，以及继之而来的朱耷、石涛、髡残等。然而，思想上更激进的复兴的可能性由于满族的入侵而戛然停止。面对这次入侵，明朝的腐败政权因受到持续不断的起义与反叛的削弱而无力抗击。

我感谢这位汉学家将我的注意力吸引到这一本身极有意义、且对中国现代文化也极有意义的时代。现代文化如任何文化一样，为求演变应与外来文化中那最好的部分进行对话。我还感谢他为我提供了所有需要的材料，来衡量这一时代的博大与丰富。这样的感情转化为一种无限的铭感。当时我在陈列满书籍的架子上拿到了一卷简朴的、并不知名的作品，书名是《山人叙事》。在前言中，手稿的刊行人介绍作者是一位明朝末年的文士。有一批文士在满人到来时，拒绝效忠新成立的政权。他们中的大部分人不得不改变生活方式，一些人成为农民，另一些人则隐居深山野林，专注于写作思辨性的或回忆的书籍。《山人叙事》讲述了两个既平凡又很不一般的人物所经历的激情。作者从这场激情的见证人那儿听到了这个故事，然后把它写出来，见证人即书中名为憨儿的那一位。

从作品刚开始，我即进入了最亲切的中国真实生活。由于当时的特殊境况，我处在一种特殊的接受状态。接连好几个夜里，我追随着故事的曲折起伏，无法思考其他。一旦书本阖上也无法读其他的书。最后，与我打算延长在罗岳蒙小住的原意相反，我读完这本书就离开了。这是三十年前的事。我从来没有将它忘记，还保留着对它越来越强烈的思念。二十年后，我曾有机会回到罗岳蒙，自然我很愿意重温我过去的神奇故事。但是使我惊讶、然后使我失望的是没能找到这卷渴望的东西！它从架子上消失了。那么我并非是唯一被它所吸引的人……它落入了什么独占者的手中？我以后是否还能再见到它？一次振奋之下，我决定从记忆中恢复这场既是肉体上的也是心灵上的奇遇的全部内容。我生活中未预料到的事使我的这个愿望延迟了。今天我是否完成了哪怕是那曾如此强烈地影响了我的作品的一小部分？我没有对自己提出这个问题，只知道我所做的是出于来得很远的无法压抑的心愿。

有人可能会问，这位"山人"既然见证了思想那样沸腾、江山那样动荡的时代，为何却专心致力于如此局限的叙述：两位无名人物的爱恋之情。对我来说，我并不过于惊讶。我设想，作者正是为了超越时代的局限，乃借助一个堪称"无时间性"的主题来畅述自己对生命的感应。更何况，我深知，真正的人间激情，不总是小我的感官、温情之事，它实在牵涉到人类的精神探险，不是吗？崇高、卓越的激情往往展现于被社会束缚的背景里，更有甚者，它滋生于心灵渴求至高提问与求索的沃土中，这正是明朝末年所具有的特殊条件。被神秘的力量推动，那一对把所负情怀化为无限向往的情人，进入了不断超越而永无止境的历程。

　　尚需指出的是，山人在书中提到了主要人物与两位来自"西洋"的异国教士相遇。从时代看，这只能是最早进入中国的耶稣会士。众所周知，他们之中某些人，在中国尤其是在北京定居后，曾与中国文人进行了深度的对话。他们在受儒家思想中优良成分的吸引与影响的同时，也使一些高士、皇室成员以及不少平民信奉了基督教。但在此篇叙事中，我们所读到的并非深入的讨论，更不是皈依宗教、改换信仰这些事。两位教士正在设法前往首都，他们和主人公的相遇是生活中的偶然事件引起的。尽管如此，这历史性的见证确实可贵而富有意义。相遇来得突然，开始是双方的惊讶，继之以一种本能的好感；至于真正的了解——假如了解终于有朝实现的话——则只能是后来的事。当对话者各各来自天涯一方，他们相互渗透，必须长远时间。除非在短期内，有些交换的问题触及了每人身上切肤敏感之处。书中主要人物在爱情折磨中由于遭受到了身体不能和情人接近的考验，乃以他的方式回应了异国人关于爱的神秘意义以及灵魂不灭的话语。然而，话又说回来，一次真正的相遇却又处于超乎普通语言的更高层次上。正如情人们能够体验到的：一个眼神、一个微笑足以使每人开向另一人的神秘，开向也许比人更高的神秘。

2002 年

# 此情可待

1

　　那天早上，按照预定计划，道生走下山来。

　　太阳已经照明树梢。按理说，他原可以早些动身。在道观中，大家都是鸡鸣即起。然而这一天，他执意做完每日的一些杂活。早饭后，他先去井边汲水，挑回两桶水倒入厨房侧边的大缸里。然后他去菜园一角劈柴，仔细将劈好的木材堆置在棚架下。最后他和道士们一块儿诵早经。道士原有十多位，其中数人先后去世，现在只剩下八人了，除了两三位较为年轻，别的也都上了年纪。道生所以要完成这些活儿，固然是帮一手忙，更多却是出于感情。他这辈子里，曾在两处道观中生活过多年，始终没成为道士，说明他尚未进入五清境界。此次离开，他不知何时能再回来，也不知是否会再回来。对这一点，他闭口不谈，只说下山是想到县城去看看，他青年时期在那边住过。故土重游之念，大家都能体会。可是自从他在道观生活三载以来，获得众口赞赏，因为他深谙医术：一则道士们病痛时得到应有的治疗、照顾；再者，上山来朝拜的香客中，除了有人请他算命，亦不乏乘轿前来看病者。道士们尽管心性淡泊，仍不免因道生离开而心生惋惜之情，私心里都盼望他早日归来。

平时，他和旁人一样，身穿长袍。那天，为了上路他换了短装：上衣，齐腿的裤子，腰间缠着宽腰带，其内缝有钱袋，腰带外则挂上一只铁碗。长途跋涉并不使他畏惧，他对此已习以为常，这本来就是他的命。他知道如何轻装就道，身边只携带必需用品。日常衣物、针灸用针、基本草药以及算命诸书一并卷入棉被中心，再密密包上油布。捆扎后的包裹看起来实垛垛的，背起来并不沉重，向众人告辞后，他从容不迫地戴上草帽，手执长棍，这才步上了下山的小径。

那时正值二月下旬，山巅云雾依然浓厚，寒气刺骨。缓慢走在漫生野草的窄道上，他庆幸脚上穿的是草鞋，不然那双很珍贵的厚底布鞋很快就会湿透而邋遢了。果然，他的短袜立即打潮。不打紧啊，草鞋既然露空，太阳一出短袜就会干了。整个冬天，上山来的人不多，春来不久，由于频频下雨，泥径坑坑洼洼满是小石子。所有这些对他都无关紧要，他一边开路，一边加快步子。不可否认，由于长期深居简出，他的肢体多少有些僵硬了。但他竭力以持续的节奏朝前走；而大自然也好似善意地逐渐响应他的步子，兴奋之感开始自他的心底溢起。突然，一只野兔穿道而过。本能地，他伸长棍子想要狠然一击。立刻，他止住了：

"总是这么冲动！难怪老方丈说，你要成为道士，还有大段路要走咧！"

过了一阵子，他又训诫自己："小心啦！这次出行不像以往，你得诚心诚意做个真人，才能感动上苍……"

到了半山坡，他并不感到疲倦，却停下步来。计算一下，他有足够的时间在黄昏时分到达相距不太远的界石镇，无须太匆忙赶路。道边，大松树下横排着一块既方且平的巨石。坐在石上，可以舒怀静观下方的硕长河谷。正好雾气已经散去，放眼望去，远处谷间一些村子的点点房舍历历在目。更远的河谷尽头，升起一片轻烟，烟幕背后，不难猜到乃是县城所在。那儿就是他此行的目的地。往县城去，有两天多路程，除非碰上意外，估计第三天，或最晚第四天便可到达。中午刚过，太阳直射下光芒，穿过透光的松树枝叶，不时地有乌鸦展翅飞起。高空中更不停地盘旋着老鹰数只。道生脑中掠过了这样的念头：他，一个五十多岁的人了，现在仍然活着，他不畏惧再一次游荡，虽然他直觉地感到这将是此生最后一次了。那位他要看望的人儿是否依然在世？想到这儿，他挥手赶走周围那些打扰他的马蜂，仿佛不愿多停留在此处。他立起身，背上油布气味的背包，重新上路。

逐渐靠近山脚，山坡愈趋平坦。这南面山坡上，气候宜人。周围开始出现一块块梯田。稻田之外还种有玉米、大豆、甘蔗等其他庄稼。不久，行人眼前涌现出白墙房舍，围绕着它们的则是竹丛、果园、菜地，葱翠色彩闪耀在斜射阳光下。"这就是闻名的江南景色了！"道生想到，这一大片地区不正是过去——老远的过去——他跟着戏班子跑遍了的？那时，大家跋山涉水，疲于奔命，哪有一刻闲情来观赏风景！后来，他独自在北方辗转了数十载。两年多以前，他渡过长江，回到南山岸来。可是一过江，他径直由北坡上了山，今天从南坡下山，他才真正投入江南怀抱。在山顶上，人所呼吸的是来自远古的老树青苔气息。这里，气味变了。空气中弥漫着花果的芳香，间或飘来附近酿酒场传来的浓郁酒香。游人怎能不觉得生命又有滋味了呢？

　　道生一路走着，看见迎面走来两乘轿子。他正要让路，就听见一乘轿子中有男人的声音问道："你不是山上的郎中吗？"在道生肯定回答后，男人停下了轿子，从中急忙走出。他向道生解释说，他正要送生病的妻子到道观去。但听道生说不再回山上后，他跪倒在地，恳求他当场给他的妻子诊治一次。道生让妇人所乘的第二顶轿子停在路旁，看到她确实病得不轻。询问病情后，他查看了她的舌头，拨开眼皮查看了眼睛并号了脉搏。他的结论是她患了副伤寒。如此严重的疾病必须持续地治疗，而在当前的情况下是无法办到的。他打开了背包，拿出他最好的药品，同时耐心地指出其他应增添的药草以及煎制汤药所需的分量。这是他目前所能做到的了。至于效果如何，只有听凭天意。那丈夫感激之下不知如何是好，坚持重金酬谢他。道生谢绝了，并解释说由于不是正规的郎中，他一贯遵守病人痊愈前不取回报的原则。那男人坚持再三道生也未让步，只回答说："如果她以后病好了，你可以给县城南边的白鹤镇道观送点儿钱去。"

急于到达目的地，道生不愿意在路上多作意外停留，不然，消息就会传开，更多的病人将来向他求治。他没有忘记除治病之外他的主要职业依然是占卜，而占卜提出的教诲不是"尽人事，听天命"吗？确实，一旦情况与机遇会齐，人完成了他所能做的事，那么不该降临的就不会降临，而该降临的必然降临。他向那对夫妇告辞后，又继续上路。不久他直接进入了平地，在一条更宽阔的尘土飞扬而多处有车轮轨迹的路上，走进了行人的行列。路边一个村庄入口处的大槐树下，摆着个卖茶及食物的摊子。他要了他认为最解渴的菊花茶，小口地喝了起来，并嚼着些花生。然后，他感到饥饿，吃了几个芝麻饼。这样补充体力后，他走上这一天最后的行程。现在他沿着河边走，河谷逐渐开阔起来，把绵延在侧的小山推向越来越远的地方。他的身心里产生了那种所有的流浪者都体会到的双重感受：一方面是无拘无束的自由感，而另一方面则是必须选择方向并立即寻找何处过夜紧迫感。远远的天边，太阳开始触及小山的轮廓。他盼望着去界石镇过夜，于是加快了步子。

到达界石镇时，店家都已取下灯笼。他向大街尽头、桥那边的老客栈走去。到达后，他看见所有的一切依然如旧，依然是河水流淌的淙淙声，依然是河畔的旧门面。他敲敲门并静候着。一位中年妇人来为他开门，她身后跟随着一位男人，看来就是店主。道生没有进门，解释说，他本来可以在前面的小镇留宿，但是他执意到这儿来，因为三十年前，他曾经和一个戏班子在客栈里住过些日子。店主不禁回答说，那时他还在童年，不过他清楚地记得这回事。于是丈夫与妻子异口同声热情地把旅客迎接进去。然而炉火已经熄灭，当他们得知客人还没有吃晚饭时，感到有点儿不知所措。但是，很快妇人的脸上露出微笑，她想到了在火上炖了一整晚的那锅五香牛肉现在还是热的。这是为一户人家第二天办结婚喜事所准备的菜，大可从中取出一小份来招待这位意外的客人。不一会儿，道生坐上桌，看到一大碗香喷喷的牛肉摆在他的面前，主妇还添加了一盘泡菜和一小壶酒。道生只字未提他的半个道士身份和他遵守素食的习惯。面对主人的盛情和如此丰盛的肴馔，他的肠胃是无法拒绝的。他高兴地吃完了肉饮完了酒。微醉中他想道："这第一天顺利地过去了，是个好兆头。"至少他对茫茫前途所生的畏惧减轻了。

## 2

三天行程，这位旅客到达了县城。那时正当中午。虽然又乏又饿，他却没有去寻找吃饭之处，而是径直地走向衙门。那衙门的建筑看起来比从前衰败，大匾与两根平行的柱子上，油漆已经鳞片剥落。虽然如此，它那森森逼人的外貌仍未失去威严。由于这门前不宜滞留，道生选择在稍远的一块场地上蹲下，从那儿他可以斜视这座官府。这时熙熙攘攘的行人从他身边挤过，差点儿把他踩倒，他却毫不在意。与他过去的遭遇相比，这些无足轻重的挤挤碰碰确实算不了什么。那么，三十多年后，他又回到了这该诅咒的地方，他不就是从这儿离开的吗？那时，他坐在囚车中，脚上拷着铁链，与他不幸的同伴被粗大的绳子捆在一起，在吱吱嘎嘎的嘈杂声中开始了苦役犯的生活。往何处去？无人敢问。其实，问也无用，所有的去处不全是一样？那个时代，大明江山已经摇摇欲坠。盗贼蜂起，处处是叛乱。各地皆有劳役需要完成。大家只知道他们正在往北方去。他们先在洛阳与开封一带加固工事，接着又在黄河沿岸修堵河堤。多可怕的灾难！死亡的人不计其数。成千上万的人堆集在堤上临时的草棚中。有的人在冬天的冰雪中倒下，有的人在酷暑中染上传染病而亡。且不说河堤决口时多少不幸的人被洪水卷走。而道生，他本人若不是从一次救援行动中逃脱，可能早已在红土中留下了他的白骨！逃走以后，他经历了多少跌打滚爬？由于艰苦的劳役，他的手指受伤，手腕僵硬，已不能重操旧业再拉胡琴了。为活下去他不得不干各种苦活，甚至与坏人为伍，行了些歹事。有两次他几乎被抓，因为身份可疑。到达安徽后，在宣城附近，他决定到黄山上的道观去。老道长出于怜悯收留了他，为他赐名道生。满心感激之下，他竭尽忠诚地侍奉老道士。在他的徒弟中，有个名叫云仙的人，最有天赋，因而应得到老道士的衣钵传授和教诲，但不幸他英年早逝。老道士看到道生才智敏锐，虽不具备成为道士的特有感召，仍决定将他的医术与占卜技能传授给他与其他几位徒弟，以使他的秘技不至于失传。道生侍奉老道士直到去世，共在道观中生活了十三年。于是他下了山，这一次已不再畏惧没有生路。

由于已是半个道士，他可以在各地的道观中住宿。凭他在医疗与占卜方面的学问，他能够去他愿去的地方。因为什么地方没有生病的人，什么地方没有询问未来的人。在这样的生活中他又度过了十多年。他的身板变得厚重了，他的面孔有了皱纹，而他的头发更稀疏了。

这样一生过去了。这是完全真实的吗？他真正生活过了吗，当那个回忆仍然高高悬着好像不可触及的时候？那回忆不断地再现，甚至在你认为已经把它忘怀的时候。那一幕铭心刻骨再也无法消除的景象，每当他想起来，就不禁自问那是否真实抑或仅是做梦？当然，那是真实的，否则为什么他被放逐去做强迫的苦役？为什么他跋山涉水重新回到这儿，好像中了一个念头的魔邪？

重新回来可不是易事。两年多以前，他从北方回来，渡过长江到达南岸，那时只需要十多天的行程就可到达县城。他犹疑了。回来做什么呢？弄清情况，为达到什么目的呢？知道她是否仍然在世，是否仍然生活在赵家，她生活得好吗？然后呢？他蓄意去向赵家的二少爷报仇吗？这二少爷现在可能已被称为二爷了。再说，他也还活着吗？所有的这一切都是如此不可预见，不可能看透。所以他犹疑了。他，专为他人的命运作出预卜，却对自己的命运一无所知！于是他攀上了山，就是那个他四天前刚离开的地方，在这个他藏身的道观中，他期望能够达到弃绝尘世。然而无论他给自己强加怎样的对空无的沉思与修炼，他总是消除不掉占据住他的固执思想。尤其是当天气晴朗的时候，从山顶望去，他的眼睛总是不可抗拒地被吸引到河谷的最深处。那儿，透过烟雾你可以猜到那个大城所在，以及环绕它的小镇。事实上，正是由于他的沉思，他清楚地意识到，他来到世界上乃是为了认识并完成这件纠缠在他心中的事。无论出现什么情况，这在他心中萌芽的激情是再也不能根除了，再也没有什么能阻挡它持续存在，直到终结。

在一个距衙门不远的店棚中，道生迅速地吞食了一碗汤面，擦了擦嘴就朝着县城的南门走去。出城再走几里就到达白鹤镇。他的目的地所在的镇，热闹程度并不比县城逊色，如果不是更热闹的话。这里可说百业兴旺，道观、佛庙、集市、客栈，一应俱全是个适于居住和开展其他行业的理想之地。说到赵家的家业，他知道，距此不过五里之遥。

打听到道观的所在地后，道生穿过大街小巷来到一个偏僻的街区，道观就坐落于此，周遭是些外观贫陋的房舍。推开大门，跨过门槛，穿过前院来到方丈面前。只消三两句话，他就说清楚了自己的来历。方丈立即引他进入后院。在一条内部通道尽头，他们走进了一间只容得下床和桌子的小房间。光线从糊着半透明纸的小方格窗板中透进来。由于没有人能从房前经过，狭窄的房间显得特别安静，这正是道生所盼望的。因为他的特殊身份，他提出每月给道观付一笔月金，同时参加各种细小的劳作。

道生安顿下来几天后，来到小镇中心的佛教寺庙拜谒那儿的住持大和尚。面前的是位身材魁伟、高额头、目光锐利的人，果然不负人们称道，是位德高望重的僧人。庙中香火鼎盛，终日人来人往，有来烧香的，有来祈祷的，有来聆听和尚诵经的。庙门外同样热闹非凡，熙攘的人群在附近的商业大街上忙个不停。道生请求住持允许他在庙门外的台阶左侧安置一个摊子，从事他的相面与占卜。住持的脸上露出了困惑的表情，于是道生尽力作了更多的自我介绍。他说自己虽然没有成为道士，但是十多年间曾经在一位道长身边学习算命和医术。虽然他没有正规的医生身份，但他深知许多药方的疗效，并且精通针灸。每当正规的医生对病症无能为力时，他常能开出他的秘方。从他的经验来看，他的治疗取得了良好的效果，尤其是对待疟疾、伤寒、肝与脾的病例，以及关节病、风湿痛与某些妇科的病例。由于他并非正规医生，在病人没有痊愈前，他从不收取酬金。

道生一番合情合理的话，他诚恳而意志坚定的态度，最后感动了他的对话人。至少大和尚答应给他一段试行时期，其实，这段时期并未持续很久。一两个月以后，大和尚不仅表示对他信任，而且对他十分友善。好几年来，大和尚患上严重的风湿病，经过这云游四方的郎中精心治疗后，病情得到了明显的改善。此外，那位曾患副伤寒的妇人的丈夫来到道观交付他的酬金。临行前，他也在佛寺中烧香，对他们的救命恩人赞不绝口。道生再次感到他在旅途第一天晚上觉得的吉利征兆，虽然他仍然不知道自己此行的真正目的是否会是一场幻梦。

在此期间,他的生活形成了某种规律。每天晚上他回到道观中和道士们同吃晚饭。清晨,帮着做完各种杂务后,他前往佛寺。在庙门前的台阶旁,他摆出自己的摊桌,给顾客算命、看相。中午时分,往左边右边走几十步,就有小摊排开,他可随便拣一处吃食。很快地,他就对大庙周遭的街区熟悉了。坐在摊桌后,他享有优越条件,观看身边铺陈开来的繁忙生活:无休无止的来来往往,斑驳陆离的形形色色,还有车马喧闹夹杂人声吆喝。空气中满是米酒味、香料味、油味、肉味、烤烙饼味;不时地还有过往的牲口骚味。幸而有这些气味,把淤积在左边的一些粪、尿、秽水的气味掩盖过去。大庙前是个场地,正对面有条大街通往远处;斜对面,左侧立着个低矮建筑,那是城隍庙,亦吸引来不少群众;右侧则开了家大茶馆,顾客云集,更不用说了。

何来这么些人?除了镇上居民外,尚有附近乡间来购物的农民,以及过境的旅人、游客。步行的平民之间,随时都有轿子穿过,上面坐着高贵妇人、锦衣显贵,她们很多是前来大庙烧香拜佛的。人们就这样进进出出,推推搡搡,气氛尚属和谐。众人皆来拜佛烧香无疑与当今局势相关:各地频频传来穷民造反之举。本地省份本属全国富裕之列,然而多年收成不佳,骚乱、抢窃亦增多了。上面派来官军增强治安之后,地区总算暂时恢复宁静,但人们心里蒙上的阴影却是难以驱除的。正因为此,道生不得闲着,占卜、算命看来是安心的最良药剂!

日子一天天过去，道生和每日碰头的一些人物熟识了。瘸腿叫花子缺了只胳膊，这是讨饭的好条件；驼背老妇越来越驼，走路时头朝地，身子折成两段了；剃头匠整日开怀，一边摆弄顾客的圆顶，一边大声胡诌；怀孕的肥妈妈手中抱着小儿，背后还跟着另一个孩子，这是她应付孩子早夭之策；应试了八次的秀才，每次应试之前均求占卜，现在他自己也摆了张摊桌，为过客书写；那伙二流子不好惹，不幸碰上他们的小丫头总要被他们逗弄一番；至于大胖子屠夫，他则一得空就钻入酒店，为了逃避他那凶悍的母夜叉。所有这些人物都呈现跟前，没有一张面孔、一只手掌与别人的相同。"这个下界人间千差万异，真是难以相信。"道生思忖着。面孔之间有异，命运也各不相同：有幸运的，或倒霉的，有引人羡慕的，或叫人怜悯的。难道最理想的即所有人均同样面貌、同样命运？怕不是吧。若真如此，那么每个人怎能有个别姓名、异样心情？又怎能仰慕高风亮节之出众贤者？怎能倾心态浓意远的美人？那会像普天下终日同吃一道菜，最终单调而令人烦厌之极。世上人愈是不同愈是有味嘛。就说那几位常来县城卖地毯、镜子什么的波斯人吧，他们皮肤暗褐，眼睛深沉，头发鬈曲，可吸引人啊。还有那两个身材高大的人，他们那天由此经过，肤色浅白，须发橙黄，更是奇特罕见、神秘莫测，实在不知来自何方……

至于那位他心灵寤寐以求的人，她住得不远，几乎近在咫尺。既然大家都说，赵二爷的原配夫人依然健在，那么她就是当年的卢家姑娘了。她一切顺利吗？如今生活如何？这些都有待弄个清楚。道生深知打听消息时应该见机行事以防露出痕迹。赵家庄园距城只有五六里。他往那边去过两次，围墙高筑，朱门紧闭。他决心耐心等待，点点滴滴，总会获得全部信息的。未曾料到，信息竟随手拈来。一日，他正为大和尚针灸时，一位信徒走过来闲谈一阵。临行前，他提醒大和尚："好些日子赵家大娘没来烧香了。"

3

大和尚的面孔通常是平坦坦的，当道生大着胆子向他问到赵家时，他的面孔竟兴奋激动起来。"唉呀！说来话长啊。在他们的祖辈时代，这个家族原是本地的望族。世世代代，他家都有在京城当高官的。他们用丰厚的俸禄购置田地，租给佃农耕种，家族财富乃逐渐增长。到了这一代的上一代，赵太爷只考中了举人。他一生在地方做官，但这家族仍保持着他们的豪华气派。目前呢，家族的产业由大爷和二爷分有。他们的住所靠在一起，中间由一堵墙分开。每家的住所有各自的院子和花园，互不干扰，总的说来，关系是融洽的。大爷曾经数次应试，然而榜上无名。但他仍然是位有教养、通情理的人。他买过官衔，做过州县官吏。后来他回乡来全心料理家务。这是不得已的事，因为二爷根本没有能力管理产业。他真正是个无用之徒，尤其是个暴虐成性的人。天生就是这样的性子，有什么办法呢？在外面，他花天酒地；在家中，他为所欲为。对待家中的仆人和佃户毫无情义。佃户交不出田租时被迫卖儿卖女。他的妻子徒然一再规劝他要仁慈、克制，但对他都成了耳边风。这位妇人与他正相反，是位真正菩萨心肠的人。她嫁到赵家来真是大不幸。我们大家都称呼她英娘，因为她的名字叫兰英，真是兰中之英啊。她的娘家姓卢，本来也是一户大家，可是家道中落。父母将她许配给赵家，是为了重新光耀门庭，却不知道这位姑爷是个游手好闲的人！结婚以后，英娘遭遇了两次流产。好些年间，她都在生病。于是二爷娶了一位姨太福春娘。他们有一个儿子，已经长大成人。我不知道他是否是个有出息的人，他总是在南京那边找工作。后来，他们又有了一儿一女，我想一个是十四岁，一个是十五岁。这个二爷肯定是贪得无厌，他不久又娶了一位二姨太，名字我已记不清了。这是个农家女孩，曾受到他奸污，他总算发了'慈悲'没有把她遗弃。我这么说是因为还有一件另外的事：有一个丫头，同样被他奸污，后来还不被他卖了，最后竟落入了青楼！二姨太从来没有过高兴的日子，她几年后就去世了，留下一个可怜的孤儿，现在已经过了十二三岁了。就是这么一家人！"

"简直难以相信……我听说英娘常到庙里来。"道生说。

"是的，英娘完全被冷落了。这一来，她倒讨得个清闲。她独自住在院子左边厢房，有个忠实的女仆小芳服侍她。她逐渐转向信佛，这是我们的大幸。她仁慈慷慨，乐善好施。经常来庙里拜佛。但我们有好些时候没看到她了，我打听了一下，得知她身体不太好。只是，每天中午她还继续在住宅后门给穷人布施一餐。她的健康之所以如此不佳，是因几年前发生的一次严重事件。"

虽然迫切想知道后事，道生却没有追问。他静待大和尚吞气吐气之后，又接口说下去。

"这事件，我很谙晓，因为我也被牵涉其中。要把前前后后说得清楚，还得花点儿时间；让我来想想。"

大和尚正在兴头上，一发即不可止。

"那是七八年以前。秋收以后，强盗来了。二爷的住宅更靠近大路，于是首先遭到袭击。强盗搬走粮食，然后在搜索贵重物品时没有得逞，停留了颇久。直到官兵到来，他们放了把火，在二爷后腰重打了几棍子，这才逃之夭夭。更糟的是，逃跑之际，他们带走了英娘，作为人质……"

"啊！"

"那些日子真是难熬呀！日日夜夜我们都在为英娘焦虑。等待了好几天，小芳偷偷地来告诉我，强盗派人来索取赎金了，数目好大！来人说，倘若照办，就不伤害英娘，要不然……又几天以后，看到赵家迟迟不付赎金，我们急了。什么原因呢？是赵家人被打伤惊恐未定，还是他们决定让英娘听天由命？这是我们不敢设想的事。总之，我赶紧在信徒中筹措了一笔款子，就坐滑竿到山里去见强盗。到了他们的窝里，只见几间山里人残留下来的破旧房屋。他们只是暂住在那里，一旦风吹草动就逃之夭夭。我被带到几个头头面前，看出要应付的不过是些粗人。他们之所以凶暴，还不是穷困使然？同我这个出世之人彼此尚可交谈。我向他们解释所筹集款数不够，以后他们需要时可以补足，我以大庙住持身份作了保证。未经太多交涉，他们好似为我的坦诚所动，最后接受了我的条件。

我说了，我是个出世之人，早已学会不动情。但当我看见英娘被强盗们从房后草棚里领出来时，却不禁热泪盈眶！她面容憔悴，消瘦了许多，可是仪表庄重令人肃然起敬。难怪那些粗人把她交给我时还说了声多谢呢。天色暗下来，我怕出意外，决定当晚就下山。我让英娘坐上双人抬的滑竿，自己徒步跟随其后。那晚是中秋次日，皓月当空，照得铺霜的山路闪闪发光。好一个良夜！开初，什么都还静悄悄的。夜色渐深时，就听见微风吹动野草，秋虫唧唧鸣叫，真是万籁无声又有声。我们的足音在空山中也扩大了。前边不时地传来英娘的话声：'大和尚，你太累了吧！'累在哪里呢？这天晚上，这个人间，有人从死界重返生界，值得万物欢颂，感天谢地都来不及呢！我得承认，把英娘从强盗手中解救出来，是我今生托佛祖慈恩所做的最大善举！"

"后来呢？"道生急于要知道下文。

"英娘返回后就病倒了。但谚语说得好：'大难不死，必有后福，'她虔信佛祖与日俱增，德行昭彰，我们信徒都把她视若圣女呢。至于赵家，他们总算偿还了我们垫出来的钱数，解释说当时迟缓是因为措手不及。二爷么，我已说过，他遭棍打后，两腿瘫痪了，性格于是变得更为乖戾，漠视万事，只让福春娘照顾他。这样英娘比以前更受冷落，只在节日寿辰之时才去看望二爷，平时有事都由仆人传达。这种情况下，英娘得以按自己的方式生活。她常来大庙烧香，且参与各种虔信活动。她更尽力接济穷困之人，每日中午在花园后门施食。对我们来说，她确实是天赐福祉，没人能够取代的啊！"

4

那一天，近中午时候，和其他日子一样，在赵家花园后门前三三两两会聚了三十多人。他们全是头发蓬乱、衣服破烂的流浪汉。倘若不是落到了身无分文的地步，他们是不会到这儿来的。谁会无缘无故来寻求施舍一餐呢？在这些人中还可以看到几个带着孩子的女人。在那干瘠的地上，一些人站着，另一些人蹲着，每人手中都拿着碗筷，说长道短，相互召唤着。一个新来的人出现在那儿，同样拿着碗筷。他不声不响地蹲在那儿，没人注意他。

一会儿后，大家听到有人取下门闩，厚重的大木门打开了，发出吱吱嘎嘎的响声。门前一片寂静，所有的人都等待着仆人老孙和朱六抬出一大桶米饭，放在地上安置好的砖头上。他们后面跟着女仆小芳，她小小的个儿，结实又圆鼓鼓地，两手端着一只满装蔬菜的铜锅。她把锅放在一个专为放置铜锅的树桩上，再用双手支撑着。这时英娘出来了。一看见她，人群就朝她蜂拥过去，有人喊道："夫人心肠真好！""夫人大慈大悲啊！""请不要拥挤，每人都有一份。"这是英娘说的唯一一句话。这话语太平静，没有起到任何作用。老孙大声地重复了一次："你们不要挤，夫人已经说了，所有人都不会落空！"说着他打开了大桶盖，立即从桶中冒出了热腾腾的米饭香味。他把桶盖递给朱六，然后把大勺递给英娘。她极其敏捷地向每只朝她伸来的碗中放一份饭一份菜。那得到饭菜的人响亮地道声谢谢以后，就退到一角去吃。一些人走到更远处，直到那一边的柳树下，然后从容地坐下来，慢慢地品尝着碗中餐。俭朴的餐饭结束后，他们还停留了一刻才站起来拖着脚步离开了。

道生留在隐蔽的地方，感到他的心跳得七上八下。从哪儿来的出奇的好运气，今生今世能再见到兰英？怎么相信再认出她来？在四十八岁的年纪，她朴素的仪表仍给人留下深刻难忘的印象。除了从颈到脚的蓝灰色的衣裙外，仍能看到的是她略带一点儿银白的头发在脑后梳成发髻，是她苍白的面颊和双手，以及她失色的嘴唇。这种朴实无华的印象更因额上的愁云而加深了。她在那儿完成她的慈善行动，沉默而忧郁的道生终于走向前来，却没敢正视她。他伸出了他的碗，等待人家来装满它。在说道谢时，他向她投去了目光，看到那在如此长久的岁月中他念念不忘的面孔是那么近！这闪电般的一瞬间足以让他再找到那个他珍爱的形象。

透过她的苍白、忧郁，轻微下垂的眉毛和稍有松弛的面颊，他又找到了她面孔的清丽线条，以及过去他为之倾倒的灵敏的目光。

这是第一天。以后的日子里他继续过来。他学会了在沉默中享受她就在身边。太短促的乐趣啊，但是多么不可言传。这种乐趣，在一天中他每想到它时皆使他充满喜悦，又同时使他充满哀伤。是否另外的人也有这样的感受？肯定没有。在所有的人眼中，她只是一位上了年纪逐日行善的女人。在她每天与穷人的会面中，他曾看到她微笑了吗？哪怕只看到一次！或许有那么一次，那天，饭分完了，跛子乞丐一瘸一拐从大路上喊着他来了。英娘于是弯身去刮桶底，把仅剩的一点儿饭放进急忙伸过来的破碗中。多少有点儿过意不去的叫花子咧开嘴嘿嘿一笑："好哩，把桶刮个干净，不用麻烦再洗了。"这时，一丝微笑，轻如燕子，掠过女人素净的脸。

这微笑，道生并不陌生。人世间，他可能是唯一深深领会过其魅力的人。那是三十年前了。全部场景各个细节活灵活现在他眼前重现。

那年，卢家老太爷庆祝七十大寿。晚间，大厅中灯火辉煌。酒肉筵席一番热闹之后，主人、贺客停憩下来，观看请来的戏班子演出。乐队的乐师们沿着大厅右侧墙壁坐了一排，位于末端的是乐队最年轻的一位，拉二胡的道生。乐队紧随戏曲，时起时落。偶有间歇之时，道生才抬头扫视大厅。很快，他发现所坐之处乃是极佳的观景点。只要转目斜视过去即可看到展列于大厅后壁的雕花屏风。屏风背后，簇拥着一群妇女，她们可以坐着听戏，也可以轮流站到屏风边上探出头来看一阵。从这时起，每有间歇，道生皆不由自主地把目光投向那边，突然间——不如说，正是他所期待的——他的目光与另一道目光相触。目光来自一位身穿红袍的姑娘。慌乱中，道生险些忘了拉琴。等再次抬头看向屏风时，他满心庆幸年轻姑娘仍然看着他，而且极为天真地向他微笑。他的震惊非同小可，一时间，周围的灯笼、蜡烛都黯了，只有一道明光，照耀着两人的目光交汇处。兰英，卢家小姐！他知道这名字，三四年前，曾有缘与她相遇过。那时戏班子在邻村里搭台演出。他没有忘记，和那位仅十三四岁的小姑娘已经交换过目光。

"是她，她来了，就在那里，像是前来赴约。亭亭玉立，纯是位天仙啊！既然名叫兰英，那么是朵香兰，不然是朵红莲。三四年前不期而遇，该不属偶然，莫非命运早有安排？你呀，可怜的拉琴人，别再白日做梦了！……"

自胡思乱想中清醒时，可怜的拉琴人发现，迷人场景已经消失，取兰英而代之的是另外两位年轻女子，一着绿衣，另一着黄衫，两人都梳辫子，看似女仆样子。过一会儿，两人又让位给身穿锦缎的中年妇人，她那华贵雍容表明她是卢家的主妇。道生苦恼万分，后悔刚才未对兰英报以微笑。如此良机，只怕不会再来。

主妇之后，又是几位更为年长的妇女，该是卢老夫人和一些亲属。道生既后悔又茫然，竭力专注于拉琴，更何况邻座的老乐师用肘推了他一下，提醒他不要走板。他一边拉着，一边心不在焉地朝前瞧着戏子和观众，眼角又被一红点摄住，斜过头去，又看见了她。是做梦吗？彩灯下剧情高潮造出的虚幻气氛，更令人迷惑不定。道生焦虑得喘不上气来，连连自语："千万不要错过机会。"就在那里，这一次确是真的。红缎衣裙下的幽雅体态，清秀面孔之上端，一弯秀发梳成髻，更令之身姿绰约。是天生丽质，天赐之恩！自小就流落人间的青年这时充满感激之情，腼腆与胆怯顿消。当此无双时刻，他们两人在那儿，天地之间无他见证人。她向他微笑，明显地不再是单纯的微笑，而是包含了意识到的情感；而他，一边放手拉琴，一边按拍摇首，自心底发出了微笑。他已不谙身在何处，宛如迷失于云天之中。这般境界持续了多久，他无心多问。总之，他再次凝视兰英时，自觉双目潮润了，眼前一片朦胧。他并未惊惶，就这样让自己被那花容发出的柔光包住，柔光里隐约有一片花瓣落地。这时，锣鼓之声迸发，响彻大厅，宣告演出结束，观众纷纷起立，有人高声叫好。道生向屏风投去最后一瞥，那边已人去楼空，只剩下一小白点在地上。怅然的他，趁众人哄哄走动之际，向前数步，飞快地拾起落地之物：兰英遗下的小绢。是她有心留下的么？抑或出于疏忽？总之，这是女人唯一可以表达的方式……

那天晚上，在观众中有赵家的二少爷，他不可能不注意到乐师肆无忌惮的举止，后者不仅没有谦卑地演奏，而且胆敢往夫人小姐那边斜视。不难想象，在这些妇女中，有一个他期望看见却不易看到的姑娘。这位姑娘已经许配给他，她就是兰英小姐。

晚会以后，这位少爷在好几个与他一样花天酒地的朋友陪同下，去到县城南门的大客栈。那里正是戏班子过夜的地方。一到那儿，他们就要酒要菜。在大吃大喝以后，二少爷命店主叫来戏班子的主管。他对后者说想听听那最年轻的乐师演奏。赵家的命令在这地区是无人敢违抗的，即使是官员也向他们俯首听命。因此，主管急忙照办。虽然时间已晚，他仍命令道生到这些贵宾前来演奏。道生拉了一段胡琴，认为可以就此了结；不料令他大为惊讶的是，他没有受到称赞，反而遭到嘲笑。他聚精会神又演奏了另一段。这一次，观众更是只有挖苦话，甚至问道为什么这么个骗子却能在戏班子中混！道生这才明白这帮人是来找他碴的。在他们要求拉第三段时，他断然拒绝了：

"为什么还拉呢，既然你们把我当作骗子？"

二少爷毫不退让，说道：

"有二必有三！我要你再拉一次，就是要看看你是否还可救药嘛。"

那样说着，他向他的同伙抛出嘲弄的眼色，这伙人哈哈大笑起来。道生愤怒地握紧胡琴的把手，说道：

"我说了不，就是不！"

于是那帮人开始拍桌子，喊道：

"赵家的二少爷要你这么做，你胆敢不听？"

道生顿时明白过来，想道："啊，可能是因为我过多地往屏风那边看了。"同时他又安下心来想道："他不可能撞见那个和兰英交换的眼神。"事实上,对方已经蹦了起来,朝他走来并大声辱骂:"什么狗东西,竟敢直视妇女?"他乘势正想伸拳猛击,道生则以全身力量推开袭击者;这家伙往后倒下,带倒了桌子和桌子上的东西。这时,所有的人都向道生扑来,有一人手里握着刀,似乎要刺伤他的面孔。陷入绝境的道生,在走投无路的情况下,抓住一个凳子用旋转的姿势,横扫四周的空间。在这样挥舞时,他无意中撞伤了二少爷的胳臂和他一个同伙的脖子,鲜血冒了出来。帮伙的头目乃叫大家停止殴斗,并把道生抓了起来。他们将他捆住,就地看管。两个受伤的人则去治疗和休息。黎明时分,道生无可奈何,由被侵犯者变成侵犯者,他被送上县城的法庭。他虽然竭力申辩,却是徒劳无益;有受伤的人在,而且不是轻伤,足够证实他的"罪行"了。下狱几天之后,他被判处流放与苦役。在狱中,一个犯人安慰他说,流放比棍棒的刑罚要好,棒打可能折断筋骨,让你终身残废。

  在几天的时间里,这个曾被卖到戏班子里成为乐师的年轻人,陷入了苦难的深渊。戏班子的生活是艰苦的,但人是自由的。全年里大家从一村到另一村,从一个码头到另一个码头,受到人们蔑视,不能总是吃饱,可是大家互相帮助,从不感到孤独与无依无靠。而且,胡琴是他的喜好。他的演奏才能是人皆赏识的。兰英之所以对他微笑,是由于他的外表(人们称他是"漂亮小伙子"),还是因为他的演奏精彩?或许兼而有之?多么伤心的事啊!想不到以后不可能再相见了。再说,二少爷的所作所为以及他这罪犯即将遭受的苦,均是这个天真纯洁、不染尘世烟尘的姑娘完全不会知道的。

## 5

每天中午,道生都到赵家庄园后门领食。每次他都得以看到他珍爱的面孔,尽管那张面孔经常带有一层忧伤的白霜,在他眼里有时竟显得更加动人。每天其他时辰,他都处于等待此特殊时刻的耐心中。确知盼望的人不会爽约,他从中获得的温馨滋味绝非言语所能传达,不是么?到了时候,她就会出现在那里,好似前来赴约;虽然他并未忘记,他们之间,不但无约,且她对此一无所知。这辈子能否有一次,她为他而来?这是难以设想的事。在道家精神熏陶下,他早已学会寡欲少求。每天能看到心上人,静悄悄地亲近一下,这已是人间罕有之福!

初冬一日,兰英出现时,他一眼看出,她的病情益重。上前接饭时,他观察到她下陷的黑眼圈。他无心吞食,预感到她目前勉力行事,不久就不能与她相会了。

老孙和朱六搬走大木桶和铜锅之后,英娘和小芳步回住房。依着后花园小径,经过假山旁,忽然听到小孩啼泣之声。再一细听,是憨儿的。她俩绕过假山,果然在背后看到二姨太留下的孤儿,蜷缩在草堆里,全身发抖。孩子抬起头来,前额皆紫,面颊上满是抓痕,鼻子也在流血。被问起是谁干的,他却不吭一声。最后,他勉强吐出几个名字:珠儿、玉儿——大姨太的女儿和儿子——连同大爷家的几个。虽然他们都比憨儿年长,何曾扮演过大哥、大姐角色,憨儿真真成了他们的出气包!"他们要我装狗在地上打滚,然后又装猴子上树,我不愿意呀!他们打我,我就还了手。他们又把我按在地上,我透不过气来,就咬了他们的手。珠儿姐还掐我的脖子,我就揪了她的辫子。她喊大家狠狠踢揍了我一顿,把我扔在这里,我不敢再走开啦。"

英娘把憨儿带到房里,给他洗净后,让他暂躺在床上。转过身来,她对小芳低声说道:"我对不起二姨太,她死前曾要我抚养她的遗子。憨儿由我带了好几年。我被强盗劫走时,孩子自然委托给了福春娘。我回来后,生了大病,别的事都不能做,福春就继续照管他。再说,这也是二爷的意愿,我没有违抗,事情就这么搁下来了。孩子们都长大了,以为会通情达理些,不料变成这样。不巧憨儿又不声不响,没觉得他哪里不快活。今天既然看见了,不能视若无睹,得把他接回来照管啊。这会叫二爷不高兴,福春也会生气的。"她叹了口气,加了一句,"万一我有个三长两短,这孩子会更命苦!"

小芳不多思量,脱口而出:

"是的,得把他接回来照管。这事我来担当。大娘不应该说'万一我有个三长两短',要知道,我在这里就是为了服侍你,你会好好活下去。不管什么,我不会离开你的,只要你在这里,我就在这里。什么时候你真不在这里了,我也会带憨儿走得远远的。"

"你说得倒好!女人哪能走得远远,除非你出嫁。"

"我不想出嫁。"

"没有丈夫,你只能去尼姑庵里!"

"对啦,到尼姑庵里去,憨儿就到和尚庙里去,那总比这里好!"

小芳的天真活力给英娘脸上带来了一丝微笑。接着她感到头晕。小芳立即叫憨儿从床上起来,并帮着她的女主人躺下。

与此同时,满头是汗的珠儿和玉儿冲入了福春娘的房间。一看见他们的妈,兄妹两人就信口胡说:

"看憨儿做了什么,他咬了我的手!"

"还有我,他揪我的头发!"

"这个坏蛋该挨耳光了。今天晚上不给他吃饭!现在去让焦妈给你们洗干净。我得去给你们的爹捶背。"

这么说着她就向旁边的一间卧室走去。那是一间朝花园开的充满鸦片烟味的宽敞房间。在这寒冷的季节,窗子是关闭着的。福春一直向二爷躺着的床走去,他盖着厚厚的棉被。她帮他坐了起来,然后开始尽责地给他捶背。

"这样你觉得好些吗?"

二爷没有回答,只是发出几声"哼!哼!哧!哧!"

"这个憨儿越来越放肆,我好心抚养他,他却不知感恩。"

"这个不成才的家伙,让他去吧。"

"我想起来啦，"福春接下去说，"在大爷那边，大家都做了新棉袄。他却说收成不好，要减少我们的开支。"

说到这事，二爷咳了好久才回答说：

"别太生事啦。现在是我哥哥管事，必须听从他。总体上，他是公正的。赵家不再是从前那样了。多亏他当家，我们并不缺衣少食，还要什么更多的呢？"

谈话到此焦妈来了。她告诉他们，小芳来说英娘生病了，已经派老孙去找王太医。

"那好。"福春代二爷回答道。

后者接着说：

"英娘脸色不好，我已经看出来啦。前些天，天气暖和，你们把我安顿在窗前。我远远看见她在那边从小道上穿过花园。她的步子迈得好吃力，面孔白得像纸。看来她并没有比我更交上好运，我们的时间都不长啦。"

"为什么二爷那样说？为什么把你和英娘比？她一天到晚都在发愁，我们有啥办法。而你呢，你知道我时时处处都尽心服侍你。尽管家里出了事，你会长命百岁的哩。刚才你不是说'家里的事，让大爷掌管'，那你就不用操心啦。在这边，有哪件事不是按你的意愿做的？你要我陪伴你，我就陪伴你。有时咳得厉害，你要独自睡觉，我就让你安静。白天里，我去镇上买东西，有焦妈给你送茶送水，给你点烟斗，添火炉。还有老孙来帮你上床下床。不能比这更体贴啦。"

"所有这些都确实如此,没有什么可挑剔的,"二爷回答道,"英娘那儿,该来的事就让它来吧,老天爷有他一本账!既然我们说到她,说真话,她的命我早就漠不关心啦。如果她出了什么事,就少一份忧心事,你也更心安理得了啵。"

这些话触及福春的心灵深处,但是她假惺惺地反驳道:

"我从来也没有那么想……只不过说,她生病期间,不要去房后作施舍了。那能给我们多省点儿钱。"

"这一点我也常常想到,但是我们不能禁止她这么做,原因是大和尚和人们会有闲言,这关系到赵家的声望。我们迟迟没有付赎金时,赵家的声望已经受到折损。那以后,我们不得不加倍注意啊!"

## 6

"一个月啦,兰英,一个月没见到你。日子一天一天熬过去,漫无止境啊。你的病情如何?你会悄悄离开人世而不留一言么?

"自从回到此地,见到过你几十次。每次都太短促,也算是这辈子的大福了。不是在梦中,而是亲眼看见!我知道,长年抑郁加上岁月折磨让你看来憔悴了,但只要多一点儿耐心,不是依然可以揣摩到过去的佳丽?岁月能侵蚀肉体,心灵宝藏怎会改变呢?那是暗中发光的一块美玉。没有那宝藏,当初的面孔会有那样触心的微笑和眼光么？一旦遇上就没法忘怀啊！我何曾忘怀，不管在何时何方，就算最失落、最堕落之际，我都感觉得到在心底有那块美玉在闪烁。

"就是这么回事。命中注定了，怎能不承受呢？

"是的，回到此地，我有幸看见你，然而未能享受到和你交换眼光。我放眼注视你，你却没有看我，更没有看见我。再说，你又怎能认出我呢？三十年的流浪苦命！从外貌看，我的面孔上满是疤痕、皱纹，身子也变得粗重了。当年算得上潇洒的年轻乐师何所存留？你若愿意耐心看一下，也会看出这人内心仍然纯火未灭。和你一样，精神之所想望何曾变质？你愿意仔细看看吗？你还能仔细看看吗？"

一个月过去了，又一个月也过去了。道生陷入极度苦恼。他浪迹江湖时，总是充满了活力去对付困难。三年前渡江返回南方、登山暂住时，也同样充满希望。目前的状况却令他束手无策。他忍受不了无一刻间歇的焦虑，更忍受不了长期无所作为。总得做一点儿什么吧，不然他将终生悔恨的。做什么呢？径直走进赵家去给兰英治病？难以想象，难以实现的事！就算成为事实，他的手法能比城里那几位名医高明吗？

无能为力，缺乏自信，道生茫然以至慌乱了。如何继续进行占卜，为人预测命运？如何冷静下来分析顾客们诉说的种种遭遇？只要细想一下，他又不难看到：人生大事归结不过几个有限主题：生、老、病、死。这些大题目之间，不外是此处一分欲求，彼处一番憧憬。尽管如此,这些看来简单的事,在不同地方、不同时间、不同人身上却是何等千差万异!以爱情来说吧,对某些人只是假意欺骗、到手为算,对另一些人则是天长地久、海誓山盟;某些人变换情侣易如改换衬衣,另一些人则寤寐以求,终身期待。生活上其他事物何尝不是如此?开初,顾客们前来总是重复同样的问题:此次出行是否一帆风顺?店铺开张是否黄道吉日?妻子何时怀孕?丈夫何时返回?官运是否亨通?财富是否可期?疾病何时痊愈?长寿是否保稳?然而,听完预言之后,各人的反应纷纭不一。乐天者兴高采烈、满怀信心;懦弱者犹豫不定,或是逆来顺受;悲观者则意气消沉,几欲自尽……

这里,道生惊跳了一下:就这样莫知所从,把事物等量齐观么?他的内心折磨使他不得不猛然惊醒过来。天地间总该有个大道理吧?该有什么主宰一切吧?他殷殷念及当年在道观所受到的教示。方丈讲道时不是一再说算命和医术岂只限于秘方,倘若没有思想真义为根,二者皆是微不足道的。值此绝望时刻,返回到思想真义,难道不是必经之途?道生记得的,那思想说明的是:万物都相互维系,人间征兆和乾坤征兆是密不可分的,在这庞然整体中,维系一切的既非绳索,亦非链条,而是浩然元气。是它主宰一统与变易啊!是的,混沌之初,元气分化为阴、阳、冲虚之气,由它们交互激荡才滋生了天地、万物。一旦宇宙形成,这些生气继续运转,不然宇宙就不得持续了,可是别忘记,这也是方丈一再说的，宇宙几经混乱、失常，并非所有生气均为有效，多少生气变成了邪气，它们都凶恶有害，不得不提防。因此求真义时，"神圣"之念是不可缺的。神乃气之最高境界，《易经》不是说："阴阳不测是谓神？"神圣之气，它才是真正准则，是它保证大道和谐运行，是它保证"生生不息"。这些固然是关系宇宙乾坤的大道理，用到人间万千"小我"又何尝不为真义？人身不只是血肉之躯，它也是气之凝聚。身与身之间亦是神气维系的呀。搞算命或医术的人，只有在心内养其神气才能洞察、发扬他人的神气。这是方丈的告诫，不能忘的。想到这里，道生不禁因自己的过于胆怯、畏缩而自惭了。一股振奋之气自内心生起。兰英和他，要是命中注定，将不仅是一点儿情的维系，而必是气的维系、神的维系。想要扭转命运，得看他是否聚精会神成为真人了。

那一天，正在看相的道生抬起头来，看见一位少妇走上寺庙的台阶。她身体健壮，步履轻快，却仍然掩饰不了忧虑的神态。他惊跳了一下，认出是小芳。他急忙对顾客说了句话就离开座位向庙里奔去。在人群中，他终于在一个角落里找到正在烧香与跪拜的小芳。几个时辰过后，她站起来预备离开。道生走上前去止住了她并道歉说：

"小姐，我不过意打扰你。两个月前，我去赵家住宅后面等候布施……"

小芳看了他一眼，露出模糊记得他的神情。他接着说道：

"英娘身体好吗？"

"她的病情没有好转,不知道以后会怎样。"

"我是个游方的郎中,也许可以帮一点儿忙。"

"她是由王太医和刘太医看病,他们都想不出有什么办法……对不住,我得赶快回去了。我大娘在等我!"

突然的绝望向他袭来,犹如霹雳击顶,而同时,也激发了他身上最后奋起的活力。他径直朝着大和尚的禅房走去,房间位于公众大厅后的内院。大和尚正盘膝在蒲团上打坐。

"赵家的英娘病得很重,不能再耽搁了,请让我去想点儿办法。"

大和尚自己也极为关心,但他回答的语气带有怀疑:

"我很怕二爷不同意。他完全相信刘太医和王太医,而他对你却一无所知。"

然而,他接着说道:"倘若不试试别的办法,我们会对不起英娘的。如你所说,不能再耽搁了,我就去吧!"

赵家的看门人向仆人老孙作了通报后,老孙通知了老女仆焦妈,焦妈通知了姨太太福春娘,这后一位转告了二爷,大和尚这才进入了那间鸦片气味的房间。

"二爷身体可好?"

"我时有不适,有什么办法呢,只好耐心熬着。目前还没有什么特别要叫苦的。"

"英娘有好长时间没有到庙里来啦。我听说她病得很厉害,因此我很关心。"

"她先后由刘太医和王太医看病。人世上能做的都已经做了。现在我们只能听天由命了。"

"贫僧希望提一个请求。不久以前,有一位道士郎中来到我们这个镇。他在庙旁摆摊给人算命,而且还给人治病。他没有说能治好所有的病痛,但是他倒有不少药方,因为我本人就大为受益。"

"那么你说的是个跑江湖的人。你知道,这样的人在我家里看见的可不少。"

然而,在大和尚恳求的目光下,二爷不好断然说不。

"你让我想一想,"他又说道,"我会给你回话。"

来访的人知道,多坚持是无用的,于是告辞了。这时福春娘来发表她的看法:

"这和尚真无事可干,又跑来纠缠我们!"

"我怕还不能拒绝。原因总是一样:我们不能不留心人言,人家又会指责我们没有尽心办事。他要我们试一试他那跑江湖的,就让他试吧,不管怎么说这是最后一次了!"


7


道生在他的长夜里做了一辈子的梦,从来不敢信以为真的梦,正要实现。他跨入了赵家住宅的门槛,由老孙带着,走进第一个院子,又沿着环绕大厅的通道,进入里面的院子。在院子中央,长着四棵古老的松树，树下围绕着破裂而满是灰尘的石凳。由于这时院中无人，十几只麻雀叽叽喳喳地叫着在这儿那儿觅食。

他跟着老孙，一直走进院子的左厢。在穿过一间摆设着家具但无人居住的大房间后，又进入一条狭窄的走廊，不一会儿就到了兰英的门前。他听到胸中跳动的心，足以证实他不是在做梦。相反的是他完全意识到，他来到世上正是为了完成这个使命。他冒尽风险跋涉了千山万水，正是为了体验这个时刻。一旦体验了这个时刻，他就可以死而无悔。

老孙敲了敲门就退去了。小芳来开门，说道："请进来吧。"卧室浸沉在阴影中，半启的窗帘在对比之下显得特别洁白。房间深处的床帐也是素白，展现出明亮的一方块。帐子一直垂着，乍看之下，猜不出帐内有人。走近时，可以听到轻微的呻吟。床前适当的距离处摆着一把椅子，小芳做了邀请的手势后，他坐下了。室内朴实和谐的气氛有助于他安静下来，他开始以坚定的语调说道：

"夫人，我是个游方郎中，名叫道生，有一点治病经验。今日来为你听诊，看看我能做点什么。敢问你哪儿不舒服？"

病人喉部发出的声音，最初是低哑的，可是当她说明她的病情时，发音逐渐清晰了。这是道生第一次听到这个声音，它显得衰弱，然而纯净得宛若一溪清流。

"我病了两个多月，好几处感到不舒服。胸部老是喘不过气来，心跳，头痛且发晕，肝这一边也疼痛，难受，还有发烧退不下去。太医试过一些药，还扎过针灸，那些不仅无效，而且情况更糟了。我怕这病治不好啦。"

"安心吧，夫人。请让我为你号脉。"

从帐子开缝中伸出来一只手放在床边。这是兰英的右手，消瘦苍白得令人怜悯。令人怜悯，是适当的用词吗？这只伸出的手，五指微微分开，摆放得犹如虔诚的祭献品！当然，它空空的，掌中没有任何东西。可是逼真的花冠呈现在那儿，是大地上最珍贵的宝物，道生即将能够触摸到的宝物。他轻轻地伸出两个指头，食指与中指，放在兰英手腕上脉搏颤动的地方，同时用他的拇指从下面支撑着手腕的背面。他不发一言品尝着触觉的清凉感受，不发一言，也不间断。此时此刻，他是主宰者。所有一切均出自他的意愿，虽然他确切地知道何处是不可超越的界限。他沉溺于这不可思议的一刻，然后才开始静听从血管向他传来的声息和回响，静听五脏六腑发出的信号。通过这些信号，他无误地找出血脉的流畅与堵塞；静听元气的散布，它们穿过经络，深入到最阴暗的弯道与角落，直至颈椎的顶端，直至肢体的末节。多少发炎的肌肉需要重整！多少不洁净的血液等待净化！这个遭受过不同时期病痛的身体，在这一次所感到的不是发自唯一的病源。这是整个一生中被伤害与压抑的结果：向往在美好事物中心心相印的梦想，刚开始萌芽，立即被窒息了；在婚姻中，与丑恶及卑鄙相遇；两次流产所引起的焦灼以及信心的丧失；强盗袭击时所遭遇到的暴力以及冷落的经历……或许她对这再无幸福可言的生活已经厌倦？或许她已全心期盼着她所信的来生来世？

在右手之后，道生要求为左手号脉。他听到身体转动的声音，从床帐缝中看到伸出来的另一只手，如同刚才一样，放在床沿上。若不是由于感觉疼痛，兰英的举止具有某种优美，与一位正在演出的女乐师或戏曲女演员的姿势同样明确而富于表情。道生如刚才一样伸出他的食指与中指，放在手腕上，而用他的拇指轻巧地支持着腕背。他有了新的触觉感受，几乎已经是熟识的了。他尝到那种望穿秋水重逢故人的欣喜。兰英也好像没有刚才那么胆怯与保留了。她是否也有重逢故人的感受？这时，由于感情的热烈，他们有了自由的流露。然而，与右手相比，道生通过他的手指下的跳动，更多地听到病人内心深处发出的低语。他意识到这次诊脉花去较其他医生更长的时间，可能会被视为失礼；但是，从兰英那儿，他既不怀疑，也不害怕。

"正如你所说的，夫人，这病因来自多方，不局限在一点上。它需要按部就班的细心照料。目前立即要做的是调理整体情况，然后再消除一个个的局部病痛。既然已用的药剂和针灸没有生效，我就不再用啦。我请你信任我，试试我的几个秘方。那需要时间。虽然不能绝对担保，我可以说，病愈是有希望的。我回到住的道观后，会亲自准备一大剂汤药给你送来。你让人用慢火煎，早晚服用。五天后我再来看你。"

五天以后，道生又来了。听兰英叙述病情后，他作了同样的号脉。他深知号脉的双重用途，一方面可了解病况的准确变化，另一方面，长时间沉默的接触本身就是一种疗法。病人的手掌表现得越来越放松了，他能够通过这种接触，将自己身体的活力转入到另一个身体上，即使是很少量的。看完病后，他对兰英和她的女仆解释说，因为有了微小的好转迹象，所以再继续服用五天同样的汤药。

在下一次会见时，道生作了同样的诊脉。他提出改变药方，进而针对肝与肾下药。在他告辞前，兰英在帐子里让小芳给郎中倒茶。道生接受了，去坐在窗前的桌旁。正当他小口地品茶时，兰英试问了一句：

"太医，你不是本地人，你的籍贯是哪里？"

"我出生在巴蜀，但是很小的时候就离开了，从那以后我过着四处流浪的生活。"

"为什么你到我们的小镇来居住呢？"

"我青年时代曾在这儿住过些时候，我很喜欢这个地方。"

从这天起，由五天到五天，有规律的节奏持续了一个多月，每次都是同样的仪式。然而，对于生活在越来越幸福的兴奋中的道生来说，每次都是无法言传的大事件。除了兰英的状况出现缓慢而确定的好转外，他看到他与兰英之间建立起某种好像本能的和协一致。当然，他们之间交换的几句稀少的话一直是没什么意义的，兰英向他询问他算命、行医的职业，或者寺庙中发生的一些事。当然，按规矩，他不能看见病人，更何况这个病人受到久病的折磨，变得极其虚弱，也不愿会见客人。然而，通过她伸出来的手，她恳切的声音，怎么能不看到一种没有完全表达的期待，几乎成为将自己托付出来请求照料的根本需要了。

不久年终将至。病人及大夫皆漠不关心新年的沸腾气氛，两人全神贯注地投入抗拒疾病的斗争。兰英的病其实比所想象的更为根深蒂固，有时威胁重占上风。难以解释的复发不能不引起焦虑。有一天，当道生忧虑重重地为兰英诊脉时，他趁小芳不在，决定不再沉默。由于他要说的话曾在心里重复了千百次，且并不太长，他乃不慌不忙用平稳的声音说道：

"三十年前，在卢家宅第，年高德昭的卢老太爷庆祝七十大寿。寿宴之后，大家在大堂上看戏。你那时是位身穿红锦缎衣裙的年轻姑娘，坐在屏风后听戏，你还记得吗？"

"怎么能忘记呢？那是我这辈子最美好的一刻呢！唉，短暂的一刻，眨眼间就烟消云散了！你怎么知道的？"

"那天晚上，在乐队中，有个年轻的胡琴手坐在排头上，可以从屏风那儿看到他，你记得吗？"

兰英的手轻微颤抖，表现出她的惊讶，以及她对往事回潮的预感。

"那时我年轻而又天真，对生活毫无所知。我确实看见了那位青年乐师，我没有忘记他。你怎么知道的？"

"你那时的称呼是兰英小姐。那青年乐师后来的名字则叫道生。"

听到这话，兰英打开了掌心，任凭道生把他生茧的手掌紧贴其上。这是个超乎语言、超乎想象的时刻,沉默而又沉醉的情意交融的时刻。两只手密密结合所给予的亲切,绝不下于两道目光交会、两个面容相贴所能产生的。五瓣的花冠开启时是只自内向外翻转的暖手套,把最温馨、最隐秘的层次都展露出来,任凭那频频而过的清风吹拂,或是齐涌而来的蜂蝶采啜。在手指交织的两手间,最轻微的战栗都发出翅翼拍打的飒飒声,最轻微的按压都激起波纹闪烁的涟漪。手,这高尚的爱抚器官,它在此所抚摸的不仅是另一只手,而是另一只手的爱抚。互相抚摸对方的爱抚,这一对倾心交谈的人坠入了酣然之境。这境界该是在青年时代就梦幻过的,或竟是在前生。纠缠的脉络继续灌溉着欲念,与生命的根相连;注定命运的手纹伸延向远方,直到好远,直到天外星辰的浩瀚无边……

兰英没法看见;道生,他,看得入微。他看见自己从前堪称明净的手,因艰苦的劳役而变得粗糙,重叠在兰英细滑白皙的手上,这只手由于清瘦,略略显露出骨骼。无可否认的反差,又是无可比拟的和谐!大概这是由于每只手都处于力求安慰另一只手的激动中。兰英不厌倦地抚摸着这个男人那么粗糙的皮肤。道生想道,这只奉献在那儿的温柔的手,会重新变得丰满而圆润。因为算命人的声音,赛过了医生的声音在他耳边悄悄地说:"现在命里注定的两人已经真正团聚了,任何障碍、任何疾病都再也不能挡住他们的路!"的确,在后一个月中,药物与爱情结合起来终于把病人救出沉沦。每次会见,兰英的手从帐中伸出,无克制地与道生的手会合。这是他们所能做的一切。他们所做的确为胆大无边，这是他们知道的。同时，他们也知道这带着一种独有的纯真。两人几乎在想，所发生的事是奇异得闻所未闻。他们是处于这卧室的微光之中还是在世界之外？他们是在人间下午还是在时间之外？他们没有对这问题寻求解答。老天有眼，让他们团聚，这该是命中注定的事，那么，或许听天由命就是了。手拉着手朝前，沿着干涸了的河床，让话语的水流淙淙流淌起来。

此情此景确是人间罕有。两人皆深知这是独一无二、难得再来的诉说机会。开始，他们腼腆地找寻字眼去追寻初遇的那夜，三十年前那如梦如幻却又历历在目的一夜。每道出的一句话都让一个片断从记忆中潜出，浮现到表面。每一个片断又引出另一些片断。你一句，我一句，慢慢地说着，全景逐渐织成了。真是全景么？还有那么多细节有待搜寻！越说越脱离拘束，他们的激情愈浓，实在不愿自那重温旧景的趣味中走出来。那不是什么偶然造成的场景，那是决定了他俩这辈子路途的神圣源头。从那源头开始，两人各自依循九曲七折的弯道，总算流出了贱微的生命之河。这两道河，现在只有靠语言之河来重新再现了。

理所当然，先由道生启口讲述。他知道兰英此生经历的大致线索，而兰英对他则全无所知，甚至因二爷挑拨而被流放的那件大事。在当时兰英心目中，一夜交换目光、微笑之后，那青年琴师就莫名其妙地无影无踪了，留下的是一片缥缈而执著的隽永影像。道生的讲述不能只从那个夜晚开始，他既得介绍自己这辈子，就应该从头说起。因算命而训练出口才的他，决定一节一节地侃侃述来。小时候会记事不久就廉价卖给戏班子，所以生身父母的面容不久就模糊了。在戏班子里先是打杂练功，大人管得甚严，随时惩罚，年轻同伴也常欺侮，苦水苦泪只好往肚子里流。后来有幸被乐队中一位先辈选中，照顾他，教他念书和拉胡琴，他的一手二胡颇得人赞赏，戏班子在私家演出之余，间或还由他独奏三两曲，以飨余兴。卢家大宴之夜，因为时间过晚，戏班子乃未叫他独奏。未料，赵家二少爷竟带了一伙同伴找上南门店子来，指名要他拉琴。拉了几段之后，他发现他们来意不善，是要挑衅，要侮辱，要损害。不幸他在推桌自卫时误伤了人。一刹时祸从天降，命运转手，他被投入监牢。屈打成招，判处流放——这时，床帘后的兰英惊叫一声，道生怕她情绪过激，有伤病体，赶紧安慰道："不要吃惊，不要悲哀，这是天命的安排。也许值得庆幸呢，我不是活过来了么？我不是因为学会行医而今日得以在此么？"——流放到河南那边做筑堤苦役，一年多后在堤破混乱中逃跑。继之而来的是一段危机四伏的时期。手掌破损，不能再操拉琴之业。又由于身份不明，必须随时隐避，只得在些城市里干些苦活，左混右混，竟致混入歹人群中，几乎走上邪道。终于有日觉醒，从放荡生活中自拔，辗转登上了黄山。进入道观，多年只做杂务，后来如在戏班中一样，承长者赞识，看出他尚有聪悟可教之处。长者非他，乃是众人称为尊师的道长本人。恩师耐心授他以占卜、看相，以至秘传医术。尽管如此，他心中萦萦不能忘怀流放前夕所见之光辉倩影，无法专意成为道士。道长去世之后，他离道观出山，成为一个走江湖的方士，在北方各地行业，这一混又是十数年。岂只是混么？不是啊！流浪之人心怀所向乃是回归。回归何处？"我是个无亲无故的人。没有父母亲属或故旧在等待我。我深知，我真正之归宿乃是我真正之起点，而我真正之起点乃是那个和我交换过目光、向我微笑过的脸庞。我大胆地这么说，兰英，你不见怪么？赶快大胆地说，错过了机会就不能说了……"于是从北方，他逐步走向南方。到了江边，望着滔滔江水，他不禁雀跃了。只须渡江就能回到住过的白鹤镇了！然而一旦到达南岸，他犹豫起来。在白鹤镇，他会得知什么？得知之后又能做什么？再一次，他登上江南大山，进入道观待了两年之久。两年不算短，也不算长，足够供他时时静思，俾使他确信，此生绝无他途……

与男人的遭遇相比，女人的经历似乎局限、单纯。这只是假象。女人的闺房看来温馨沉静，其实布满了束缚、期待、疑惑、惧怕，以及不时袭来的病痛与死亡的阴影。兰英的生活是一长段缓慢的幻灭，是少女所怀抱的美好梦想，是很快就打上卑劣印记的婚姻，是伤身又伤心的流产，是收敛向内的虔信苦修，是惨淡经营的逐日布施。就在这样的生活中，也发生了一件大事：强盗的劫持。其间她也经历过人间的强暴，有过自杀的意念。听了道生所说的那些知心话之后，兰英受到激发，第一次敞开胸怀地讲述被劫持时的感受。炎炎烈日下，强盗们用滑竿把她抬上山。长路漫漫，饥渴交熬。那些粗人吆吆喝喝，在抬滑竿换人时，故意把滑竿向空抛起，以吓唬她取乐，她竭力不叫出声来，以免他们变本加厉。山上，她被关在寨房后的泥墙茅屋里，由两个女人看管。夜间，两个女人轮流的打呼声，夹杂着山鸟的叫声，益增她的恐惧与焦虑。"不能入睡，我反复思考，倘若遭受凌辱，如何结束此生。想起自己短短一生，只有在十五岁左右，然后在十七八岁时，曾有幸福之影如浮光掠过，就这一点天赐之福，携带到他生去。日子一天一天过去，没有消息，我自觉被家人遗忘，更深信不幸之事难免了。那帮强盗并不一定都邪恶成性，有许多是穷苦逼成的。可是有个粗暴头目，整日大声叫骂，最叫人害怕。一天夜里，他喝得醉醺醺的，撞进茅屋来。我心里想完了，随时准备撞墙自尽。幸好另一个头目前来阻挡了他，提醒他说既要赎金就不能乱来。这个头目后来告诉我，他知道我名声，他家里有人受过我惠赠。这让我看到，佛祖大慈普照众生，最暗的夜里也见得到他的光芒。"

说到此，兰英骤感极度疲乏。她说得那样尽情无遮，自己也有些惊讶，就沉默下来。她再度伸出手，以掌心敏感的回应来答复道生的话：

"感谢老天爷，我们终于重逢了。"

"是的。"

"所有的艰难苦恨都不要再挂心。既然我们重逢，就无恨无悔了。"

"是的。"

"我们已经重逢,就从此不再分离了。"

"是的。"

言谈之外,道生任凭闺房散发的神秘气氛浸润,这是他流浪生涯从未品味过的。这些挂在屏风后面的四季色调的衣裙;这搁在小圆桌上的未完成的刺绣;这个鸳鸯香炉,升起的青烟比一声低吟还要不留痕迹;这些床帐上的兰花图案,它们把白底引向淡蓝,还有窗外的梅枝,刻透窗纸,永远描不尽的花开花落……他尽可能把种种细节、种种色调存入记忆中,他知道眼前情况不来自人为安排,很可能不会重复。

这段时期里,福春娘在早晨来过几次询问病情。一天午后,她出其不意地来到。幸好道生正坐窗畔桌前开药单,福春问话中似有暗示为何治疗如此拖长之意,道生严正解说,英娘大病,几乎深入膏肓之境。现在感谢上苍,逐渐好转,需要时日,乃自然之事。来访者含糊道谢了一声就走了。道生了解,他名正言顺跨入赵家门槛,进入兰英闺房的奇迹不能持久了。

8

兰英病愈后,仍有十几天没出房门。一天早上,在明媚春光的召唤下,她决定到寺庙里去。漫长的好几个月卧病在床,她迫不及待地要到佛前表示她的衷心感谢。另一种急迫的感情也在悄悄催促她，她勉强不往那方面想。在她内心深处，她对再看见从今以后处于她生命中心的男人的前景感到胆怯。

一进入小镇，就必须面对来来往往的人群。尤其在寺庙周围，人群越加稠密。两个轿夫，老孙和朱六，对拥挤已经习以为常。他们左闪右躲，迂回曲折地走着，终于来到位于广场另一边，面向着大庙的茶馆前边。好不容易找了个位子把轿子停下。小芳伴着英娘走出轿子，觅隙穿过人群，再步过广场，这才来到大庙阶下。步上台阶时，他们只要转首向右，就可以看到离台阶不远的道生的摊子。他这时正专心与一位顾客交谈，兰英不敢定睛直看。但只要一眼，她已大致看到了。出来之前，她暗自尝试追忆模糊了的道生形象。现在真人在那里，虽然看到的仅是侧面。高额，硕长的头，沿腮细细的胡须，头发往后梳向顶上，插有木簪一根。数十年风尘淘洗之后，尚不减当年带有高贵气质的傲姿。

入庙后，两位妇女又得在众多信徒间穿梭向前。远处神坛上端坐着大佛，金光闪闪，悲悯而有威严。挤到神坛脚下，她们燃了几炷香，插在满盛香灰的大香盘中，一边念着祷词跪下。过一阵子，她们才起身走向大殿中央，那里排排长凳，已坐满了人，因为午前大祈祷就要开始了。请好心人挤一挤，她们总算找到位子，尚未坐下，那边响起鼓声、铃声，是着黄色袈裟的和尚队伍由大和尚带领进殿来了。他们鱼贯而入，陆陆续续在神坛两侧的台上入座。大殿寂静下来。大和尚自高处扫视信徒，看到英娘，立即点首微笑,表示他高兴看到她病愈。她点首回应后就恢复静坐姿态。她多么急于投身于久别了的气氛中,那气味弥漫的火,那暗中闪耀的烛光,那集体诵经的声涛。石磬、木鱼交互敲出节奏时,她和周遭众人一般,进入了忘情之境。

仪式完毕后,兰英略感疲倦。她和小芳留坐长凳上,直到人群流散后才起身出庙门。外面,正午的熙熙攘攘达到高峰。走下台阶时,她庆幸这一次道生空闲着,虽然摊子周围还有不少看热闹者在游荡。她抓紧机会,坚决地走了过去。道生抬头一看,惊讶得非同小可。兰英,她,因为早有心理准备,很自然地微笑说:"今日第一次出门,特来道谢为我治病的功劳。"说着,她终于和心上人打照面了。高额头下,眉目清晰,目光机敏而富于感情,给整个面孔增添了活跃生气。斜仰的头不能不让她想起当年年轻乐师一面拉弦,一面吟调的神情。道生回答:"不谢不谢!夫人病愈是因为积德受到老天保佑!"于是他也笑了。过分客套的话,首先是说给旁边的人听的。他们之间真正的语言却是目光与微笑,这是他们今后交流的唯一之道了。

英娘去庙里烧香的事迅速传开了。穷人们知道不久又可到赵家后门领食。终于有天大和尚接到老孙通知后,向大家宣布所定日期。那天,以前常去的人大半都去了。道生则略有迟疑,该去么?不去么?他放弃了顾虑,当他想到穷人中有些年迈,有些残废,值得他扶助。这样做时,他也进入了佛教以慈悲为怀的好传统。于是,走到兰英面前时,他并无局促或忸怩之情。他举起碗,爽朗地说声："多谢!"兰英也照常回答："没有什么,是大佛恩惠!"这简短几字,绝不是客套。他们俩真诚相信,每天能交换一次目光与微笑,实在是不可思议的天赐恩典。

到了二月底,天气温暖起来。一日,布施完毕后,兰英与小芳照常沿着小径穿过花园回房。土中冒出的春芽、地菜,平铺地面,青翠夺目。"啊,好久没见到这些稀罕的菜了!"兰英嚷道:"用来炒鸡蛋,或做烙饼,可好吃哩!"两人一边走一边弯腰去采。采了一大把,回到厨房,兰英突然灵机一动说:"从明天起,我们应当变个样改善我们烧的菜了,不能每天一样的单调。不要忘了,随着四季变化,在菜里加些蘑菇、竹笋、金针、藕片、水栗什么的……。"

果然,第二天布施时,有人端着满碗饭菜,就喊出声来:"好香,像是过节了!"小芳一笑,英娘也笑了。后面那位赶紧加上一句:"真是过节了,我们头一次看见大娘笑!"这话一说,大家都乐了。那些肤色枯黄的、满脸皱纹的、独眼的、缺牙的,一时都笑逐颜开,在花园外的荒地上,散播着天真的人间喜悦。

兰英返回时,兴致极好。道旁初放的花惹得蝴蝶翩翩起舞。一只大的,特别艳丽,停在西番莲上。小芳轻步过去试图捉住,扑了个空。英娘安慰她说:"让它去吧,我们佛家信徒不是劝人放生的么?"回房后,她没说别的就径直走向橱柜,取出一个首饰盒。在盒中翻了一阵,她双指拣出一个白银加彩丝的蝴蝶扣针。

"好漂亮啊,我从来没见你戴过!"小芳雀跃拍手说道。

"这是我妈在我出嫁时给我的。我戴了些时,后来就放在一边,忘得干干净净了。"

"戴上给我看看!"

"戴上?我这年纪……"

"蝴蝶哪有年纪?年年都是新的。人不也一样?依我看,大娘越来越年轻了,戴上蝴蝶,真配呢。"

几天以后,兰英再次去大庙。上轿之前,她经过道生摊子,见他正和一位顾客谈话。她只点了点头,即慢步离去。道生一抬头,见她头发上戴着蝴蝶,微笑了,亦点头表示赞赏。心里想,天生丽质的人,尽管藏而不露,一点细节,就能满面生辉!他的动作与幽思,那位顾客觉察到了,他转过头来,亦为兰英的美所震惊,他目不转睛地看她远去,直至身影消失在人群之中。道生尽力保持常态,向顾客解说:

"这是赵家夫人,刚刚重病初愈,现又恢复容光,真得感天谢地。女人的美,岂是人工所为,亦属造化之奇迹呀。"

"确是如此,'天生丽质'嘛,这是大诗人白居易说过的。杜甫在《丽人行》中也描写得好:'态浓意远淑且贞'……"

顾客是有教养的人,非庸俗之辈。他就是那位秀才,一生向往科举榜上有名。道生问道:

"这次是你第九次去省城应试?"

"是那样。"

"你想知道能否考中,让我先问问你,万一考不中,你就认为此生一事无成吗?"

"是那样,古代圣贤不是说过:学而优则仕,他应参与齐家治国以至为天地立心之大业。我的效忠方式就是经仕途为官,以文章济世。"

"你这话多有道理!你的胸怀表明了你为人的光明磊落,这是值得我们大家钦佩的。至于科举这个问题,能不能改变一下看事情的办法?就是不要把科举当作最高准则。我这么说,你会认为大逆不道吧?其实,据我看,科举并非来自天意,它是人为的。我们这些外行人,当然不能体会其中奥秘,但是我们都听说过,考试起来,条例繁多,逼人战战兢兢,不敢越雷池一步,真才怎得发挥、显现?再说,主考官也都是尘世间人,不一定都具有慧眼,公平无私。他们多少心有偏意、成见,有的甚至依权势,讲关系。总之,流弊多端,不能以此为最高准则。不冒犯你说,秀才先生,你那些循规蹈矩的文章并不特别好。相反,你信手拈来的诗,倒常常令我感动至深,领略到你独具之才。相信我,这独具之才,和女人美质一样,不是人工所成而是天造之奇迹。"

"多谢你这些话,我闻所未闻。天造之奇迹,如何发掘?"

"如何发掘?自然不是往身外去寻,企求一点外来的肤浅反应。而是要深入内心,挖到根子,挖到泉源。活过的、受过的东西从那深处喷涌出来才是至上珍宝。再以女人的美为例,我现在了解,也看到,真美是自内涌出的求美之欲,绝非涂脂抹粉那一套。"道生自己也吃惊会说出这些话。

"就算你说得对，然而不走科举之路，就不能表现自身才能，不获得承认，怎能有用武之地呢？"

"怎么这样说！科举不是独一途径。放眼望去，人间生活至为广阔，可做的事很多。重要的是一心做去，事得竟成。我这个走江湖的人，也有小小经历，年轻时我曾是个戏班子里的琴师，颇有前途，因为众人喜听我拉奏。岂料命运另作安排。一件祸事之后，我历尽艰辛，手掌损坏，不能再拉琴。换一个人，只怕会绝望致死。我虽也尝过绝望，终究没有撒手，走上了另一条路，就是你知道的：算命和行医。这个行业，我一干十几二十年，把心智、情感全部放进去，从未倦息，似乎小有成绩。你呢？倘若中了举，当然最好不过；不然的话，你都无需改行，你的才能，高我们一等，是在学问上面。你的诗歌、文章将光照此世，流传后世。文章千古事，可比拟日月，这是你自己跟我说过的。"

秀才瞪目不知如何作答。他要付钱，道生拒绝了，未加一句，他起身低首而去了。

光阴荏苒，春光灿烂逐日化入浓阴。道生和兰英享受着命运赐予的有限幸福：花园后、大庙前的短暂相会。每一次都似曾熟识，每一次又都更新如初见。道生不再计算日子，他的生命进入一种更高妙的韵律，更高妙的存在。欠缺之感固然是有的。欠缺之上，充满他心胸的是一种甜蜜的愉悦。那愉悦，他曾经想象过、想望过么？只怕没有。对他而言，在那愉悦面前，别的欲念都显得有些平凡、次要。

倘若他愿意自问一下过去的经历，在四方漂泊时，不也曾"搞"过些女人？特别是在逃跑后的那段堕落时期。那阵子走投无路，不得不和窃贼、歹人们混在一处，总不免染上了他们那无法无天、玩世不恭的气味。偷抢之后，分得赃钱，除了吃喝一顿，还不是跟着他们跑赌场、逛妓院？女人在他们眼中只能是泄欲工具！那段时期未曾延续太久，固然是因为他到底尚未丧尽自爱心，却何尝不是因为他对女人依然抱了向往之情。这感情来自何处？他一生未曾享受过母爱，对女人的倾慕自然是来自兰英了。不用说，是她防止他堕落，是她牵引他向上。为什么爱慕女人能达到如此深度？那不可解的引力到底是什么？第一次，他沉下气来思索女人的存在，思索女性的本质。怎能否认女人的命运多是悲惨的。多少少女，刚出童稚，尚未抽枝开花，就被摆弄、摧残。另一些，为了站得住脚，或占一席之地，则竭力卖弄风骚，施展心计。好一场误会、糟蹋！只要想到兰英，他可以看到，登临善良境界时，女性可是人间珍宝呀！没有了她哪会有美好、美妙这些意念？看，"好"字、"妙"字，不都是"女"旁么？女人亦是血肉之躯，自有她混浊沉重的一面，可是女体岂能仅以器官概括？这个身躯不总是奇妙地转化为低声诉说、幽深梦幻，四射的熠熠柔光，延展的涟涟水波？得学会领略芬芳，倾听音乐，得学会珍惜呀！仔细想一下，女人的躯体实在体现了大自然的奇迹。或者，说得更确切，是大自然在她身上造成奇迹。大自然之美不都在她身上结晶了么？珍珠玉石，和风轻云，山岭河谷，清泉青茵，杨柳莺燕，花朵果实……是的，如果这话说得对，那么不应该把这完整的躯体看成一幅景色么？想到这，道生记起道观方丈的教示：看风景时，不能只注目一些可见可触的实物，而要欣赏从它们之间散发出来并最终融合于其中那漫自石苔的青霭，那泛自松针的涛声，那经由风与雾传布的冲虚之气、精华之味。而他，道生，在当前忍受匮缺的时刻，也学会了耐心而细致地去品味。不能接近肌肤么？他反而更深沉地进入了真正成为女性所在的领域，即她暗自生辉之处。在兰英跟前，他漫泳在她血脉与气息所散发的节奏波圈中。这不断扩大的波圈以惊人的准确将他引入了隐秘的欢愉。

这种欢愉也会产生自一些突然出现的单纯而亲切的放松时刻。正如那天两位妇女由憨儿伴随着前来。憨儿看见道生嚷道："这不就是到家来给大娘看病的！他原来坐在大街上。好热闹的地方，整天看不完呢！我也要做算命的！"这句话引起了兰英的噗嗤一笑。小芳则放声大笑起来，擦着眼泪说："得知道你到底要做什么呀！刚才在庙里，听见和尚念经好美，你不是要做和尚么？"

## 9

赵家人往后门去所穿过的花园，倘若没有老孙不时顺着他的脾气或好意去照顾一下，很可能变荒芜了。以前英娘沿着小径穿过花园，迈着急切的步子，很少左顾右盼。她避免看见季节变换的自然景物，害怕引发她的忧郁或怀念。现在，她本能地放慢步子，乐意在园中流连一阵子。总之，在分发饭菜后，她难下决心回到房里去。

盛夏来临。植物世界充分地展示出它色彩缤纷、气息浓郁的珍宝。小径两旁疯长着野草，掺杂些不知名的小花。兰英停了下来，开始尽责地用手拔去最长的野草。她很快发现这些植物比她所想象的更难对付。小芳看到女主人艰难的努力，赶快朝距后门不远处的小棚子跑去。她拿来一个满装镰刀、剪子等多种工具的竹篮子，两个女人没有呼叫旁人帮忙，开始耐心地重整全条小径。两三天后，这小径再现出过去迎客的外貌。

英娘受到这成绩的鼓舞，虽然也付出了不少擦破皮和小伤口的代价，她在小芳的帮助下，逐步去治理花坛和树丛。她刈除枯枝，剪去或扶正折断的枝茎，浇灌最需照料的花如牡丹、西番莲和菊花。渐渐地她认出了每朵花的面孔，以至能给每朵花取个名字。在她呼唤它们的名字时，她好像听到她自己最亲密的名字兰英，这在童年用过的名字，在她结婚后不久就被一个更受尊敬的名称英娘所取代，现在却被某个只认识这名字的人恢复了它最初的光芒。这如此充满着对那人思念的名字，使她重新回到她丰满的存在，犹如这个花园。不是么？花儿恢复了它们的旖旎和名字，也都获得了新生。她，兰英，不可否认已不再年轻了。是否她能做到把所有失去的年代只看作一次不能阻碍她原本活力的噩梦或题外话？

无论如何，这是一个她将努力使之再生的花园。不是整个花园，只是一半，它的左边部分。另一半是二爷的天然"采邑"，从他卧室的窗子看出去，右边那一部分的花园就可尽收眼底。因此兰英很少往那边去。花园的左右分界由一行树木如槐树、金合欢树、松树、杨树等有效地承担起来，它们立在小径右侧，在气候宜人的季节，形成一道绿色屏障，慷慨地散布下树阴和清凉。一株金合欢树下，长久以来悬挂着那架秋千。风吹雨打，磨损的绳索已经变黑了，只有孩子们时或来光顾它，当它被更新的时候，可能也会吸引大人吧。

当前，兰英在小径左边有很多事要做。她自己的"采邑"并不贫瘠。在她看来这是花园最好的部分。除丰富的花木之外，还有用巨石堆聚起来的假山，以及假山背后的那个池塘。可怜的池塘：几枝荷花，带着变黄的荷叶，已在半停滞的水中枯萎。她叫来了老孙和朱六，要求他们帮忙修整。他们排干了水并疏通了管道；又用新土取代了老土；然后种上了新的荷花。不久以后，红鲤鱼及点水的蜻蜓无忧无虑地竞相点缀这片明朗的空间。大片荷叶上流滚着珍珠般的水珠，而盛开的莲花，被荷叶衬托着，呈现出全面的辉煌。白莲以脱尽尘俗的优雅与倒映在池水中的云朵争奇斗盛，而红莲浅红的花瓣、花蕊则以其裸露乳房般的肉感令人倾倒。

夏天的白昼漫长，下午好似再无休止。还在不久以前，兰英的生活遵循着单调的规律。她白天在室内做针线、刺绣、缝手套或做鞋度过。她参与做饭也占去一些时间。布施餐饭与去庙中烧香是她仅有的外出活动，而且总是过快地完成。这种封闭的生活不再能抗拒外面的召唤了。当她的女仆为洗涤衣物或去镇上购物而不在身边时，她养成了走出卧室的习惯，好像不由自主一般，好像服从一个命令向着池塘走去。在那儿，她感到自己与小鸟的歌唱和蜜蜂的嗡嗡声融合在一起。在耀眼的炎热中，从干裂的土地上散发出来的草香使她陶醉。坐在池塘边上，她拿一枝柳条漫不经心地敲打着水面，激起了水面上的圆圈。这些水圈，伴随着红鲤鱼的穿梭，在离心运动的节奏中慢慢地扩大。她欣赏着安静的时刻。然而，某些怀疑与恐惧、某些难以说出的期待也困扰着她感受到的宁静。

"园里这个角落，没有什么来干扰，真是难得的时刻啊！池里荷花风姿诱人，柳树上黄鹂又唱得悦耳，看来万物在这里都各得其所。这是没有什么话可说的。而人呢，他们来到世上却是为何？他们不能像草木一般悠然自得，尽情长大、发华么？人间所有的事却全是相反，除了寥寥少数，有几个能自称幸福？人间处处都是苦难，这是我们佛祖明说了的，女人的命更悲惨啊！……可是，在苦难中，时不时又发生了奇迹，而这奇迹偏好发生在我身上，这是令人猜不透的谜。我当年天真无邪做了个美梦，在我心目中它早已烟飞云散。我不再期望别的，就只等待来世。三十年后，此梦竟然成真：梦中的人走进我的内室，近得伸手就可触到。就在此时此刻，他也不远，仅只围墙相隔。想到三十年前那晚上，我们交换一眼,从此不能忘怀。现在我们每天见一次面,算是幸福了。然而每次见面这么短暂,不能说一句话,可多苦恼呀!苦难中找到幸福,幸福中又感到苦恼,果然是猜不透的谜!我们就长此以往继续下去吗?然后呢?能和道生好好谈一次,该多好啊!他是算命的人,一定看得更清楚……"

想到这里,兰英不禁战栗了。忧虑爬上心头:"哪里来的大胆,这样行事,这样思量?我原是个体面人家的姑娘,现在也是个众人尊敬的女人。我能听任自己这样做吗?这不犯了过失,犯了罪吗?"

她满怀心事地回到房里。此后数日,这心事萦绕不去,使她日里惴惴不安,夜间辗转难眠。心中的结有谁能帮她解开呢?看来唯一可以交心的人只有小芳了。这位忠诚的女仆真能为她分忧吗?再说,如此有违廉耻的事又怎样开口说出来呢?

最后,还是小芳迫使她吐出了心事。小芳不难看出英娘数日来的惶惑神情,甚至去庙里烧香那样习常的事都犹豫不决。这位女仆是个爽爽朗朗直言直语的人,在生活里,她总是胜任操作而不乏细致入微。在感情上,她固通人情之常,可是对男女柔情的那些幽深曲折则不太能领会。也许正是这一点实实在在的常情常理使她不作出嫁之想,她看到婚姻对女人多是不幸的,她就这样一心一意地照顾英娘,陪伴英娘。她成为女主人所遭所遇的最亲密的见证者。在这小天地里,曾经令人惊心动魄的,不用说,是那次英娘被强盗劫走,然而她深知,道生三十年后返来,不会不是翻天覆地的大事！未来如何，她无法揣测。当前情况，她倒愿意和坠入情网的人开怀畅谈一次，帮她看个清楚。英娘启口说明心事后，小芳振振有词地说：

"你说到清白家庭，可真是这回事吗？不是哪！二爷干了多少败坏家风的事，还有些别的，连我们都不知道呢。比方说，道生的遭遇，要不是他活着回来亲自告诉我们……再说，二爷早不把你放在心上了，强盗的事不提，你这次生病，他派福春来问病，声音都是假惺惺的。我还想到一点，你记得吗，大和尚把你从强盗那里赎回来时，说了一句：'大难不死，必有后福。'这话有道理。依我看呀，现在正是福分的时候！你想想，事实上，你和道生在出嫁前就结缘了，好像是命中注定。啊，要是老天爷另外作了安排多好！……"

英娘苦苦微笑了一下，小芳的直言打动了她。叹息一声后，说道：

"是的，出嫁以前。小芳，你也倒真相信缘分。或许那是前生注定了的！可那是老远以前的事了，多少事情过去了……"

叹息一声后，她又加一句："话虽那么说，我看到，道生变了却又完全没有变，他跑遍天下，几度失落，却未失原初的一片真诚，风雨不摇啊。"

小芳口快，紧接着说：

"英娘变了却也没有变，你还是原来一样：纯洁，真诚！"

这"变了却没有变"的妇人不可能没有受到二爷的注意。他坐在窗前，目光被那边出现又消失在树木屏障后的清新形象抓住了。这是个神态妩媚得惊人的女人形象。一身浅绿色的衣裙，再次出现，并且流连在高大的芍药花前，长时间的停留足以让观察的人终于认出她来。她的身影由于年纪而稍带迟缓，但对于有点眼力的人，它仍保留着过去天赋的优美。她的美完全没有因花儿的艳丽逊色，却闪耀出莫名的晶莹而宁静的光辉，显示出生机悄然焕发的肌体。"女人！简直难以置信！俗话说：'黄毛丫头十八变。'但那说的是年轻姑娘，而年近五十的女人变得如此厉害，那超出了人的理解。变得更丑，那还说得过去。变得更美，我就不懂了。到底出了什么事？"

## 10

这么出乎意料的现象震惊了日继以日、月继以月、深陷困境的二爷。对他来说，事情同样可以这样概述："一见必思再见。"每天，近午时分，他叫人把他移到窗前。稳坐在他的安乐椅中，掩饰着他的兴奋之情，摆出一副心不在焉的样子，他开始了他的窥探。

福春娘对这新习惯感到万分高兴，这使她在伺候一个不易对付的主子的生活中，有了一点喘息的机会。"窗前坐一会儿多好呀！心胸畅快嘛。成天躺在床上，累人啊！"

二爷并不急于回答。他只嘟嘟囔囔地说："嗯，天气好，有花看，遣闷儿……"一面说话，他往窗外投出一瞥斜视：明亮的影子好像已溜入树丛之间。哎，不对，还不到中午时分呢，还得耐心等上一阵。他朝房内挥挥手表示让他独自待着。

　　这是一次需要高度警惕的耐心等待。从捕获形象的第一秒钟开始，先看到那快步走向花园后门的女人的侧面，然后看见背面，他就必须全神贯注地守候，以免错失看见她回来的良机。幸运的是，在归途中，她多半不像去时那么匆忙，看来英娘在欣赏这个季节里的园中景色。至于欣赏到她的面孔，却不如人所想象的那么容易。他必须费力从坐椅中拔出身来，上身前倾，颈子伸到窗台边缘外，而且无论如何得留神不要被人看见。窥视的对象，这变得诱人的丰满身体好像故意隐蔽在葳蕤的草木丛中，你会认为它是和一个看不见的对手在捉迷藏！然而，某个时刻，梦想中的身影却又在两株树干之间，溅满了阳光，全部呈现。二爷把目光直视着对象，瞪大了眼睛，直到疲惫不堪。他知道迷人的形象稍纵即逝，不会持久的。确实它很快就消失了。在他气喘吁吁的嘴里，留下一丝苦涩的味道。这不幸的后果无异于满口流涎的挨饿者即将吞食一盘美食，而盛满的盘子竟突然被人拿走。倘若不巧，这女人还有往假山后面去的想法，那么形象的消失可能持续更久。这喜好偷看的人于是神经受到严酷的考验了，却又不能因此而放松注意。问题在于千万不应错失她再次出现的机会。对于这样的事，不是吗？任何细节均不可疏忽，均有其重要性。因为每个时刻皆可获得出人意料的乐趣哟！是的，这么多的艰苦努力无疑是应该得到报酬的。看，这时，那想望中的身影不是再次呈现出来了吗？她弯下腰去采摘草中不知什么野花。圆圆的臀部进入了窥视者的眼帘。啊！女人不经意时有些姿态叫你头昏目眩。另外的意想不到的事，同样是"神妙非凡"：在小芳和憨儿的陪伴下，她跑前几步，举起双手去捕捉飞舞的蝴蝶；或者，用她白嫩的双手握住秋千绳子，来回荡漾，秋千扰动了空气，不时掀起她的裙摆……

　　这男人在他的椅子上不禁忘形了，并以从前曾惹得朋友们开心的低俗语调自语道："不能不承认以前有段时间，这个女人曾得过我的欢心。那时，我正年轻。可是很快我就明白了，一个女人长得漂亮是不够的，她还得会奉承、会讨好，会在床上把她的王牌玩得精通。总是冷冰冰的，不言不语，僵硬得像块木板，就算是位天仙，也毫无用处嘛！后来，一次接一次小产，事情变得更糟。那张如丧考妣的面孔，那厌烦的神情，还谈什么兴奋！莫怪那段时间我动不动就生气。为一点小事就骂她，她只会哭。结果是她完全变丑了。自然我只得找丫头，逛妓院。对，我娶了几个姨太太，那又怎么样？说真话，她在我眼里已不再存在。我不想看见她。我把房子的西边一部分留给她，让小芳服侍她，这样，我就清净了。在她被强盗劫持后，这些坏蛋要的赎金惊人。我们有点迟疑。哦！只是有点！没有道理指责我们冷酷无情。那时，我自己还处在生死边缘呢。而且不管怎么说，我们后来偿清了全部款数。确实，款数减少了一点，这多亏大和尚帮忙。大和尚还保证她没有被人碰过。我确实很相信他。从她那冷冰冰的神情来看，一团大兵都会泄气啊。总之，她回来后，我比以前更让她待在一边……现在，我完全依赖福春娘照顾。必须承认福春娘做了她分内的事，虽然我不是不知道，那也多少是勉强而为，装出来的。跟着像我这样干瘪的人，一个女人得不到好处的呗！"

日子在其高低起伏中过去。一天下午，二爷照例一动不动地坐在窗前的椅子上。那纠缠不已的思想围绕他的头转，犹如一只苍蝇那样使人心烦。他越是驱赶，它越是回来。"想不通啊，到底发生了什么事？发生在英娘身上，又连带发生在我身上？我三十年前大事铺张迎娶来的女人，变得我不再认得出来了。变得满面皱纹，头脚萎缩，那倒是事物常规。变得令人神魂颠倒又脱离我的主宰，这是难以理解、不可忍受的事！她是怎么生活的？她整天在做什么？大体上，我是知道的。总不过是同样的事，给穷人施舍，去庙里烧香……看来没有什么特别的。其余的时间，她转来转去转得我头晕。她没什么特别的事吗？我呢，我倒得做点什么。待在这儿，一动也不动，'守株待兔'，白让胸中沸腾，这简直不像话，比关在牢房里还糟！"想到这儿，二爷有了一个念头：出门去，到镇上去，泡在那儿哪怕就一小会工夫。自从他瘫痪以来，这愿望曾从他脑海里掠过吗？可能没有。他还能出现在别人面前吗？他还想去会见他们吗？他过去的朋友，花天酒地的伙伴们，已经很久不来敲他的门了。倘若偶然真的相见，他将从他们那儿得到的，不过是几句假献殷勤的话。可以肯定，在背后，他们会拿他开玩笑。从他现在的位置，他已经听见他们你一言我一语的粗鄙嘲讽："我们的二爷在床上怎么对付女人呢？他怎么晃动？他还能勃起吗？"啊，过去的美好时光！青楼红阁，酒肉终日，麻将整夜不休，姑娘呼之即来。那一切如今已是明日黄花，不堪回首啊！在这样的景况下，二爷是第一个对他自己有意再次出门感到惊讶的人。他是否还有这样的勇气？这么说后，他安下心来想到这并不需要什么勇气，因为根本不涉及露面的事。倘若他出门，他将待在轿子里。在帘子后面，他自然能够东张西望观看四周发生的事。然而，话又说回来：就算这，也得一点勇气。观看所有的人东奔西跑，兴致勃勃地忙来忙去，这是难以承受的。若无强有力的动机，他不会心甘情愿地去面对外面的世界。而现在呢，他要去看英娘的动机恰恰是强有力的。好好地看。彻底地看。就是说，不是间歇地看，局部地看，模模糊糊地看，而是看整个人，在光天化日下。看她的所作所为，看她怎么行走，怎么止步。从中抓住一点隐藏的神秘，或者从中获得罕有的乐趣。思考到这一点时，二爷看到了这明摆着的事实：他的一生中，玩弄过不少妇女，但是他从未真正看见她们。在他眼里，女人只不过是一团肉，看到她们，他恨不得把她们吞掉，于是他不分青红皂白地扑了上去。他真正有耐心安静地、谦卑地、默默地观看一个女人吗？观看她怎么生活，怎么梦想，怎么沉思，怎么变幻，怎么展现她的节奏，开拓她的空间。如同一把扇子那样，在扇子缓缓开启中，她原生的美渐渐地散播出其光芒。这样的苛求几乎属于另一个范畴，不是我们二爷力所能及的。目前他如何面对自己的状况呢？

那一天，由于老孙与朱六皆不在家，二爷知道英娘到庙里去了。为了出门并乘坐另一顶轿子，他不得不呼唤两个看门人。这两人虽然年纪较大，却能完成任务而没有怨言，因为他们的主人不再有多少分量。福春娘刚从邻居家闲聊回来。听到这个消息后，她好一会儿都惊讶得哑口无言，然后她笑逐颜开："是呀，想得真好，出去散散心！"这对她意味着一段真正的休息时刻，免除了听他的埋怨和呻吟，也少了为他端茶、点烟斗、揉脖子捶背这些麻烦。

两个老仆尽管处处小心也徒劳，在街上他们左避右闪没法防止轿子摇晃，摇得二爷筋骨痛楚，十分恼火。终于"喔唷"一声，他们把轿子停放在主子指定之处。是在广场较偏的一角，可是两边无遮，足以博览广场和对面的大庙了。在轿子背后，他俩蹲下休息，边抽烟斗，边评论熙熙攘攘的街景。二爷坐在轿子里，则不得不饱尝四面八方扑来的噪声和气味，也遭受行人们拂轿而过时的侵扰。从帘后看出去，人群像池中穿梭来往的大鱼、小鱼各自奔向它们选定的目标。他们互相冲撞、互相排挤，互相回避；中间时有车马招摇而过，好一幅多彩的众生相！观看这活生生的图景，关闭了多年、从此还将关闭下去的二爷怎能不感到心痛？然而又怎能闭目不视呢？相反，他眼巴巴地看，贪得无厌地看，好似他初到人间，一切所见无不令他惶惑、惊异。

往更远处探索时,可以看到人们开始从大庙中出来,意味着唱经仪式已告结束。不久,如所期待,英娘也出来了,身后跟随着小芳。她的出现,她迟疑一下然后步下台阶的风姿完全震撼了他。他终于看到那人的整个形象,一览无余。多么不凡的形象,多么不凡的人物啊!她有个单纯光明的底子,从那底子现在漫延出不知什么至高无上的东西。大和尚曾经说她已超凡入圣,他果真说得对么?对呀,她不活像图中的观音么?她简直就是观音了!观音二字一出,二爷沮丧了,他受到了猛烈的冲击。"我变成什么样了?"他自语道:"就这样子,还能在她面前辉煌,还能制伏她么?怎么把自己摆在她面前呢?这一排被鸦片熏黄的牙齿,这一脸风干肉的粗皮,这几根头发,哪还有心情去梳理,比茅草还要蓬乱……"

那一边英娘已走到台阶下。她朝右边一个摆在那儿的摊子走去。她向坐在摊子后的什么人打招呼。哦,对了,就是那个行医的算命先生。不外是个江湖骗子,虽然他也许有一手。总之,他把她的病治好了,不必再多说了。现在她向右转。往什么地方去呢?哦,对了,回轿子去。老孙和朱六不是从茶馆出来了吗?

11

冬天放慢了人间的活动。随着新年的来临,人们被带入了另外的周期。姗姗来迟的春天丝毫没有改变日历无情的进程。细雨纷纷的清明节之后，时光终于恢复了它更平静、更明朗、更温和的统治。不久，端午节到来，宣告了第五个月份的开始，使这个年度溜上了夏天的斜坡。在白天中，小镇比往常更挤满行人。田间的劳作正值间歇时期，附近的农民不约而同地涌向小镇，在市场上或是卖出他们的产品，或为推销或交换牲畜，或为修理破损的工具，或为备齐油盐与烟草。

这是个动荡纷乱的时代，大明帝国早已名存实亡。上至朝廷，下至社会最底层，无不贪污腐化成风。苛捐杂税、横征暴敛有增无减。更糟的是在好些地区，连续多年收成不好。各处都传来暴动与反抗的消息。小镇所在的地区属于相对富裕的地区，贫困无助的人比别处少，然而镇上仍不免遭受强盗的抢劫。从那时起，地方镇守加强了保安措施，在镇上驻扎了兵员。百姓享受到暂时的安宁，但能持续多久呢？小民的生活越来越困苦，虽然如此，他们并未失去他们的活力。镇上的街道，堵塞着大马车与送货车，充斥着由它们发出的训斥声。晴热的天气使热闹的街市呈现出花花绿绿的色调。妇女穿上了闪耀明亮的衣裳。在所有的街角摊子上，新鲜的水果已经上市。枇杷与樱桃竞相比赛谁更新鲜，而切成四瓣的西瓜却不害羞地袒露出它血红色的肉体。

英娘往庙里去的访问变得更频繁了，停留的时间也更长久。原因在于，这段时间香客人数增多，集体的祈祷仪式也因此拉长。相继出现的是，二爷的出行次数也增加了。尽管密闭在他的轿子里，更长时间的等候使他很不舒服，他却并不对此感到疲惫。有些人可能会问这是为什么，因为实际上要看的东西并没有变化。然而，在他想象力的助长之下，每当他看到那优美的体态在台阶上出现，他的冲动就达到了顶点，那个身躯有血有肉，从不让人感到她由于年纪而行动迟缓了。说她在女人中颇不一般是不够的。她一步步走下台阶来，带着一种天然优美的姿态和熠熠生辉的面孔。人们可以感到她有一种天生的节奏，而她自己可能没有意识到。不幸的是，这一切都持续不了多长。在台阶下，她被人群遮盖着，不太看得清楚。可以看到她经过算命人的台前，向坐在桌后的人打个招呼；有时根本不打招呼，只是一瞥，当那人正忙着的时候。"我倒是想起来了，"这偷看的人自语道，"这假道士在行医，但他主要是算命的。看来她从来没想到让他算一算命。说到算命，倒是我更需要。我，赵二爷，我很想知道我还可以活多少时候。对了，算一次命。但是不能马上算，一定不能让英娘知道我在跟踪她！"

必须长时间等候英娘，当她在庙中祈祷时，对于二爷不是件方便事，却使两个轿夫老孙和朱六出奇地开心了。尤其是老孙，这是他唯一能享有的闲暇。朱六开心的程度较小些，因为晚上他经常在饭后到镇上来赌钱、寻乐。不管怎样，又怎能拒绝在茶馆多喝上几盅酒，和伙伴谈天说地，一面等着英娘最终从庙里出来呢？这两个性格如此不同的人，平时几乎没有互相真正了解的机会。老孙年纪较大，来自农村。他为了逃荒从一村到另一村，有一天来到了赵家。他说话慢，举止慢，但是底子诚实忠厚，得到了主人一家的信任。朱六呢，却是在城里长大的。他与他的伙伴全然相反。他既机灵又能说会道，随时表现出对答如流和办事敏捷的本事。但诚实却不是他的优点，虽然他深藏不露。他是大爷雇佣来的，因为他懂得武术。从前，他曾在衙门中服役，但是他受不了衙门中的严格纪律。他现在的工作，虽然有时令人疲乏不堪，却也讨他欢喜，只要他能自由支配几个晚上，来达到他个人的充分发泄。

那一天，金灿灿的太阳满照在茶馆前的广场上。茶馆内的热闹气氛也不比外面逊色。店主娘和她的两个姑娘穿着单薄的上衣，赤裸手臂，在烟雾弥漫的喧哗声中穿梭在桌子之间。她们收拾茶碗与菜碟的时候，象牙色瓷器的清脆声音，衬托出了人们肌肤的柔腻。略带醉意的朱六咕咕哝哝地说：

"啊，女人，那些女人！"

"哟，女人，那些女人怎么了？"

"除了女人之外，还有什么别的？我且问你，你，老孙，你的日子是怎么过的？你还是单身汉。这是为的谁呀？"

"我是乡下人。饥荒叫我不得不离开村子跑到他乡。我还能活命已是福气。我在这儿十六年了。现在三十多岁，正在往四十去。"

"从来没有想过娶个女人？"

"像我这样的穷人！"

"穷人，穷人，那也不妨碍你想女人，说说看呀！"

"唉！说实在的，有一个人我倒想过。"

"真的吗？谁呀？"

"你猜不出。我也不知道是不是应该说出来。"

"来吧，说出来嘛。"

"好吧，是顺子。你知道，顺子，那个被二爷糟蹋过的姑娘，她后来被卖到妓院去了。"

"她？我知道是谁了。"

"那个时候，我刚到赵家，一个铜板都没有。我什么都不敢想，什么都不敢做，更别说娶女人啦。我记得我一看见她就喜欢上她，她额头梳着刘海，眼睛亮得像源头的水，她脸上那酒窝更让你心醉。说起话来，她声音又是那么温和。那件事发生时，我简直不敢相信。福春娘又喊又叫，闹得不可开交！最后，二爷把她卖了出去。以后呢，我告诉你吧，她被别人卖到妓院去了。我真恨自己没有想法娶了她。"

"现在太晚了。"

"也许不晚。"

"怎么也许不晚呢？她不是变成了婊子？"

"婊子，你用这样的说法。我呢，我说妓女。人家说，可以赎回一个妓女的。"

"唉，你说什么？你怎能娶一个婊子。老孙，你真是古怪！"

"我，古怪？我喜欢讨我欢心的女人，事情就是这样。"

"你去看过她吗？"

"还没有。到妓院去好叫人难为情哟。"

"你要赎回顺子,你又怕去看她难为情?你怎么能成事呢?窑子,我很熟悉的,你知道。从前我常去,现在去得少了。很容易在别的地方找到女人,那更干净,又不用花费。"

"在别的地方容易找到女人?"

"可不是,我的好老孙。你又好心,又老实。老实到不知把手伸到女人那儿去,这并不是那么困难。"

"你说给我听听吧。"

"你是知道我的。我年纪还轻,但是多少我已经到处跌打滚爬过了。以前我在衙门里当过差,现在像你一样在赵家干活,明天,我不知将往哪儿去。到处我都能应付。真好笑,我这副嘴脸,却能讨女人欢心。"

"那么,就这样把手向她们伸过去……你怎么干的呢?"

"要办到那样呀,必须会观察,会说话,当然也会办事。女人是很漂亮的,这是明摆着的事。还该去看出一个女人漂亮在哪儿,该去找到有利的时机和恰当的话来对她说。必要时不断重复地对她说,她不会厌倦的。你瞧。"

老孙掉转头去,他看见一个姑娘朝他们走过来,手中拿着一壶新酒。当她把壶摆在桌上,再放两个碗在他们面前时,朱六神情自然,低声说道:"姑娘的手又白又细,比瓷器更细。"女孩脸红起来,向他扫了一眼就走开了。

"你看,她并没生气。一个像那样的姑娘,你试几次,最后你就能得到她！"

"这儿是在茶馆里，事情比较容易，别处就行不通。"

"老孙，你是好心的，你是老实的，但是不够机灵。听我说吧，女人到处都有，到处都有办法接近她们：有的女人在河边洗衣服；有的女人往田里送饭；有的女人在市场上求人帮忙；有的女人在过桥时等待别人搀扶……只要你会献殷勤，说话有分寸，就足够了。倘若运气好，她向你示意回答，而你能再看见她，事情就有了进展。再过一阵，你就把她弄到手了。我说再过一阵，因为无论怎样还是必须有耐性，必须会等。一个女人，无论怎样，不是一只狗或一匹马，不能'呼之即来'嘛！"

"不像一只狗！我看你对女人还算有一点尊敬。"

"尊敬？这不是我会用的字眼。我说：女人，就是女人。"

"你有个娘啊。"

"我的娘？我实际上不认识她。我两岁时她就死啦……我不知道为什么，我也喜欢上了年纪的女人，寡妇啊，有夫之妇啊。"

"有夫之妇？你真是胆大包天！"

朱六进入了沉醉状态。由于喝酒而醉，同样也由于他自夸的狂言而醉，由于他自认为具有无限诱惑力而醉。他把嘴凑到老孙耳边：

"胆量，对呀，确实不小。你知道我这只手伸到了福春娘那儿！"

"哎哟！"

"千万别告诉任何人!"

"当然不告诉别人!要不然,我们会没命的。"

## 12

下午,炎热而潮湿。白日光辉渗入麻痹的肢体时,散发出软绵绵的懒散。在赵宅的花园中,干渴得静止不动的花草树木泄露出一种期待。期待什么呢?也许是那树梢头上不慌不忙向天角汇集的灰暗云团所宣告的暴风雨?它们高高远远地悬浮在那儿,尚只是意犹未决。眼前什么也没有确定。于是,空气中飘浮着含糊的愿望,一片昏沉,还没有人想到把它明白地说出来。

然而,在近处,阳光虽没有减少令人目眩的光亮,却已抹上一层不可名状的灰土或尘埃。马蜂和苍蝇争相发出令人神经紧张的嗡嗡声,好像永远不会停歇下来。一只厌烦了的乌鸦从树枝中摆脱出来,哗然振翅飞走了。气氛正在暗暗地激化。只有那只毛虫保持着耐性,在桑树下的青苔上继续上路。爬行是它注定的命运,它永远不会想到改变它的方式。即使头顶上天穹倒塌下来,它也不会加速它那庄严自尊的慢步前行。

敞开的窗子有沉闷的花香阵阵袭来。二爷坐在窗前,轻微地冒着汗,正在为一种长久以来深深埋藏的奇特感觉所苦。这个过去的放荡之徒变为麻木不仁的人,此刻却感受到身上涌现出的强烈欲望，这是他认为不再可能的。他明白其中的起因所在：这是一年以来，多少次不断出现而又被窒息的欲望的积累。这些欲望是他所离弃的那个女人所引起的，她的形象由于他的想象而更具诱惑，成为他摆脱不开的烦恼。那个女人，今天中午他还看见她，他能猜度出微风吹拂着她那几乎半透明的丝绸衣裙下的白皙肌肤。

目前，房子笼罩在少有的寂静中。福春娘和焦妈到镇上购买衣料去了，她们还要有段时间才会回来。两个孩子珠儿和玉儿养成了到大爷家去的习惯，自从憨儿不再常和他们一起玩耍。奇异的时刻，奇异的感觉。他受到一种不可抗拒而又难以形容的冲动的袭击。不可抗拒，是的；难以形容，却不完全是。他完全明白事实之所在，由于很久以前曾经多少次感受过它，每当家中偶然处于空寂无人的状态。一股猛劲附着在他身上，燃起了他施暴的兴味，要找人屈服于他的任性需要。这股力量所引发的，超出了平淡无奇的肉体欲望，而是强奸的渴求！啊！强奸，立即抓住某人，出其不意地粗暴地抓住，那才是刺激，才是乐趣！这和普通做爱哪里相同。普通做爱什么都在意料之中，例行公事，久而久之就厌倦了。强奸真正是另一回事。狩猎者感觉到猎物在他的爪子下挣扎。这牺牲品先是抗拒，但只是部分而已，因为主子的权威威胁使她痉挛软化。她的抗拒逐渐减弱时，主子一点点剥去她的衣裳，观看逐步敞露的肉体。听到在他无情的蹂躏下，恐惧的叫声渐渐变为驯服的喘气时，他感到无限陶醉。甚至那低哑的呻吟无不使他心醉神迷到了无以复加的极点。正如孩提时代，他虐待小动物，看着它抽搐颤抖，直到最后猛跳一下，奄奄死去。

"啊，施暴的快感，谁能夸耀比我知道的更多？"于是二爷颇为得意地搜索他的记忆，以重温他过去的"业绩"。他快速回顾了在婚前所干的许多恶行。结婚以后，在英娘与福春娘之间，他曾对女仆田妈下过手。田妈现在年纪大了，仍在大爷家干活。在福春娘怀孕的时候，他不是强暴了那个年轻丫头吗？她叫什么名字啊？那个最后落入妓院的姑娘？还有二姨太呢？对她施暴以后，他不是将她娶进了家门？不，他并不比别人更卑劣，证明正在于，他讲人情，能把糟蹋后的人收纳为妾……至于想要强奸他已娶进家门的正牌夫人，怕是闻所未闻！这是荒谬之至，或者不是？不管怎么说，这一次，可得应用大手段！要和一个久已被冷落的女人恢复关系而不强迫她，这是困难的，不是吗？更何况，男人自身的权威已经空无实质了。问题就在于如何压低那个女人的高傲。"她自命高雅，有教养，和我在一起从未感到欢快？现在从她高高在上的地位，如何看待我呢？如同一只乌龟？一只蛤蟆？哼，你们得知道我什么都做得出来！我，衰退了吗？就拿这躯干、这胳膊就可以制服人，你们没有看见我已经完全鼓起来了吗？"

"老孙！"

没有回答。或许他正在打盹。他再次大声呼叫。老孙最后揉着眼睛跑来了。那么确定无误。老孙既然在这儿，英娘就没有出门。

"我坐久了感到疲倦。把我搬上床休息一会儿。"

老孙把扶手椅推到床边，小心翼翼地用双臂抱起他的主人放在床上，再帮他靠着枕头坐下。

"二爷，请安静地休息。二爷还有什么吩咐？"

"给我倒杯凉茶来，让我的嘴清凉一下。"

小口喝茶的声音使老孙感到很渴。他压制住哈欠，等待主人喝茶结束。然后他接过茶杯，放在桌上问道：

"二爷还有别的吩咐吗？"

"没有别的了。"

正当老孙走开时，他从后面加上了两句：

"去告诉英娘我要见她。今天我有空，我正好对她说一些事。"

老孙走后，二爷开始烦躁得发抖。他的头在猛烈敲打，心跳动得使胸膛爆裂。在一段他觉得没完没了的时间之后，终于听到有人敲门。他还没有回答，门慢慢地开了。现出那个最近他徒然寻求仔细注视的面孔。她走向前来。在这间充满了去不掉的鸦片烟味的房间中央，这静止不动的人的存在，使他胆怯，同时也使他放心。他感到对方也同样胆怯：他将有办法制服她。这期间，为了使自己放松，他发出一阵高声的咳嗽。

"二爷近来身体安好吗？"

"不能说好，总是这该死的背痛。"

尽管沉默不语，她仍感到必须尽到妻子的职责。她往床前走来并帮他翻身，"我给你捶捶背。"她说着坐了下来，开始尽责地很有规律地捶背。

"哎哟！哎哟！嗯！嗯！"

英娘没有间断她的动作，问道：

"二爷有事要对我说吗？"

"没有什么特别的事，闲聊聊嘛。"

早已失去如此亲密习惯的女人沉入了无语的惊异中。

"接着捶，接着捶，捶得好舒服！"

这男人又开始咳嗽，他的呼吸加速，他拉住妇人的一只手，放在他被汗浸湿了的胸膛上。"嗯！嗯！……这可真舒服！"他的话伴随着一股难闻的气息。

"二爷有事要对我说吗？"

"没有什么特别的事，闲聊聊嘛。"

他的右手贴到女人的臀部，抚摸着。

"你做什么呀？"

"没什么特别的事，相亲相爱一下嘛，呵！呵！"

他，这个不懂得耐心讲柔情话的人，突然语调强硬地说："得了吧！"他双手揪住英娘的裙子，猛地把她朝自己拉过来。他的额头冒着大滴的汗珠，呼吸更加快了。

"二爷不舒服，我去给你端茶来。"

她突然站了起来，以致他还没来得及放手，于是他被拖带到了地上。

"哎呀！"

"啊，不好了，二爷摔疼了！"

英娘帮着他回到床上并让他安靠在枕头上，她用手绢为他擦去额上的汗水。这时，男人已精疲力竭，惊恐不安，全身蜷缩在对疼痛的忧虑中，他发出了呼呼的喘息。渐渐地他的打嗝声变得稀疏了。

"二爷安静地休息吧。福春娘不久就回来啦。"

眼望着渴望的目标远去，犹如一个幽灵，留下了隐隐的一丝不可捉摸的芳香。在床上不能动弹的人，瞪着突出的眼睛，抓住床幔愤怒地朝自己拉过来。

"福春，来呀！快一点！"

## 13

午后拖长。窗外，急雨过后的树荫散发着清新。一道灰光穿过纱帘来房中飘悠，并无目标要照明什么。轻盈得像阿菩萨拉，它收缩起翅膀，任由看不见的气流负载而停留在空中一会儿。这时，那只喜鹊却不多讲客套，扑的一声停在窗台上，梳理它黑白参半的长羽，断断续续的呱呱使室内显得更为寂静。无言的午后，只有镂铜香炉升起的蓝烟袅袅显示了摸索中的人间幽思。

兰英从床上起来，不自觉地理理发髻。她朝桌子走去，举起茶壶倒一杯茶，呷了几口，沁凉透胸。然后到靠窗的小圆桌上再拿起针黹：正在刺绣的枕套，她坐在窗前开始细心地绣着。刚才那道光现在掠过她鬓角，停在被圆形小绷子绷住的绸料中心，那里突出一对鸳鸯，一只已经绣完，另一只才刚起针，大概她还要在左边添加几根芦苇、水草什么的来暗示池水。这是她有点腼腆又非常自由地表达自己的方式。这间卧室是她的天下，除了小芳，没有人会不意而来打搅她，没有人会来问她在做什么。在枕套上绣上鸳鸯一对，以她的年纪来说是否恰当？是否太纵情放肆，招人议论？她未曾过多考虑。这是她好些天前顺手就做的事。尽管如此，她不会忘记在她内心深处有个摆脱不开的问题。二爷房里的事发生后，这问题变得更迫切了。然而，正因为苦思这问题，她竟一时胆敢正视女人的命运，女人的独特。她切望向道生倾诉：

"道生，坐到这里来，让我们谈谈。我们实在少有机会谈心，仓促中多少事都没提到，多少话有待吐露啊，这一辈子说得了么？坐下来静静地说，慢慢地说吧。我们不是都期候了那么久，都知道什么叫耐心么？自从照顾花园以来，我看出万物的生长之途，还领会了一些更深的道理。我们人间的路子该是相同的。看，我们得先让春风化雨吸干长年的血泪，然后让艳阳解冻使根苗节节抽枝发条，任何匆促都会坏事的：珍宝愈真就愈易损，愈需要保藏，愈需要珍惜，可不是么？女人的肉身、情怀包孕的是什么，想望的是什么，男人能有一天得以透彻了解么？千百年来多少事都已混淆不清了。我当然不会看不到，在这人间，多少女人在欺凌、压制之下不得不绞尽脑汁，摆弄心计，苟延一席之地，如果探索心灵的最深处，原本的天赋的丽质何曾失落？那丽质么，我想只有以花园来比拟最为适切了。看这花园，花叶招展，蜂蝶飞舞。但是，止于表面是不够的，表面的东西换季时就随风飘散。得学会感受别的境界啊：低阴浓郁，幽鸣无尽；水心清澈，轻云悠悠。还有更重要的是，得看到泥土深层去，那里是开花之念、向美之心的根源，那里没有东西会随风而逝的……

道生，你是算命的，又会治病。你跑遍天下，了解那么多事，你能了解女人身心中那一点微情么？那微情却是她的全部天地啊！

道生，让我问问你，你是否会和别的男人一样只爱女人的皮肉？你是否知道女人不仅有肉体，还有颗心，不仅有颗心，还有个灵魂？你相信灵魂么？只有灵魂是不灭的。要是我衰老了，你还会这样涉水跋山排除万难而来？要是当年被绑架时，强盗把我毁了容，你还会海誓山盟，天长地久相依相望么？要是这些事有一天果然成为事实，那么停留在现时的纯洁想望，现时的完美记忆，不是更好？是啊，我们双手会心授受，双目会心微笑，那是无以言表的幸福。但我们的重逢是否已为时过晚？是否应等待来生重新开始？那时将以别的方式，不再像现在那样失去了多少宝贵的岁月。道生，你相信来生吗？"

这些心里的话，兰英是无法传给道生的。再说道生自己，他能听进这些话么？他能领会来自女人的不同声音么？然而，在此同时，道生却听到另一个不同的声音，一个来自异域的声音。那实在完全出乎意料之外，人间总有些"难以相信"的话进入人们的耳朵。

那一天，风吹得紧，行事不易。道生正准备收摊，就看到有人朝他走来，他认出是南门旁大客栈的店主。他怎能不知道那客栈呢？当年就在那里，他和二爷那帮人打斗，这不幸的事决定了他一生！来人告诉他，好几个月了，客栈里住了两个从老远来的异国人，地地道道的异国人，他们随身带了些东西也是从来没见过的：钟摆自动的时钟啦，一开就响的音乐匣子啦，还有些人面图像，逼真得怕人，好像要从纸上走出来！他们来者不拒，上门的人愈来愈多。普通老百姓多是好奇，一些读书人则和他们长日攀谈、争论，或为他们大开筵席。久而久之，两个人都疲乏不堪。加上水土不服，其中一个病倒了，就是那个说我们中国话说得很好的人。病得不轻呀，这几日更是高烧不止，却又全身发寒而颤抖，看样子是疟疾。试了几位郎中，医药不灵，所以前来找道生。

道生听后，知道自己的名声已由耳闻口说而传开了。这并不是他所期望的事。大师以前不是说过，默默无闻之中，行医最有效。然而情况既是如此，他不能回避，更何况，客栈老板匆匆向他介绍的异国人多么吸引他啊。"我先去道观取物，接着就来。"他简短地回道。

当他来到两位异国人面前时，他回想起来初到镇上时曾经瞥见过他们。两个高个儿在人群那边掠过，有点不真不实，活像什么转瞬即逝的幻影。现在他们就在眼前，确确实实可以触摸得到了；可是他们面貌苍白异常，看起来依然不太真实。头发不是乌黑而是浅棕色，细而鬈曲；胡须则更近棕红，长而浓密。那位病着的坐在床上，衬衣未全扣上，显露出的胸膛并不光滑，上面长着一片细毛；最奇怪的还是眼睛，深深陷入眼眶内，闪出难以捉摸的灰蓝之光。眼睛背后藏了些什么？什么情感？什么愿望？什么念头？多少年来跑江湖也看过些异国人，波斯人啦，天竺人啦，现在又有这些来自不知何方的人。哎，人的面孔，是最显露在外的东西，如今显得多么神秘莫测啊！"我的看相术这里行不通啦！"道生暗自哀叹。"但愿我的医术尚能有效！但首先还得把话语说通。"

坐在床旁椅子上的那位站起来迎接他。一开口说中国话，更增加了那人的奇异。他不辨四声，或者说他四声混淆，产生了令人欲笑又令人同情的效果。同样令人欲笑又令人同情的是他话里的用字秩序先后颠倒，让听者一时实在摸不着头脑。幸而僵局并未持续过久，听惯了南腔北调的道生很快就大略会意了那人的特殊语言。他含含糊糊地回应了几句，这就转身向床。现在轮到坐在床上的病人开口了。道生立刻松了口气，浑身感到自如，好似迷失在森林里的人终于走上熟路。那位病人虽然腔调也有点怪，但所说的话完全听得懂，更因为他还在其中加上些古书中摘来的辞令，听起来特别显得高雅。大致陈述病情后，道生就开始察看眼睛和舌头，继之以探脉。正如旅店店主所说，果然是严重的疟疾。他乃调配了一些带来的药物，对两位异国人仔细解说，如何以小火煎煨，何时服用药汤等。这尚是起始的药，两日后他将再来，依照病情增药、换药。

告辞前，他的目光再一次碰上了病人的目光，苍白的面颊因

发烧泛起红晕,却竭力微笑,像是要表示对医治者有信心。经受了鼓励,道生不禁吐出想问的话:

"你们从哪里来的?"

"我们来自人们所说的西洋。"

"西洋一定好远哪!离这里多少行程?"

"总有好几万里。"

"好几万里?你们花了多少时日来到这里?"

"我们必须远渡重洋,历尽艰辛。算起来,花了两年时光,因为我们还在南方一些国家停留了一阵。"

说到这里,他让同伴从架子上拿下一卷羊皮。那架子还陈列有一些闪光的精巧物件。打开羊皮,他让道生观看人间世界的地域图。那图颇似一幅"无限江山"的横轴,是中国人眼睛习惯看到的,却又多么迥异啊!大片汪洋大海中,一块一块的陆地。在一大块陆地的东边就是中国了。道生不禁为之震动:

"世界竟是这般广阔!我原以为大明帝国位于中央,周围有些小小邻国。照你们的地域图,只是一隅之地。你们确信如此吗?"

"我们对此可以确信,因为我们经历了全部路程来到此地。话又说回来,面对苍天,并没有一隅之地,大家都在中央哩。你看,这个世界广阔,大家都有生存之地,我们走过了不少国度,看到地域、居民、语言各不相同。这该是件好事,丰富多彩嘛,你说是么?"

"这话说得对!"

道生这个跑遍了五湖四海的人,他所喜者莫过于发现新人、新物。异国人的话合乎他的心胸，可不是么，天下游方者皆为同人！这时，他的好奇之心被高高摆在架子上的物件搔得痒痒的。

病人虽然虚弱，当他同伴把物件拿到手时，他仍耐心地向道生解释什么是将光线折射成各种颜色的棱镜，什么是机械的时钟，它转了钥匙后就滴滴答答地以针示出分秒和钟点。

"好神奇！"道生赞叹之声打破了室内的严肃气氛。

"那么，你们从老远跑来，是为了出卖这些东西？"

"不啊，我们不是商人，乃是信教的教士。"

对宗教颇有所知的道生，表示他并不陌生，就随口说道：

"啊，教士，那么你们是天竺那边来的佛教徒，或是波斯那边来的回教徒了？"

"都不是。要知道，你说的宗教之外，还有不同的。"

"你们信的是什么教呢？"

"我们信仰创造了这个世界的天主。"

"天主？……然后呢？"

"信仰他，依他的名，我们就能够传播好消息。"

"什么好消息？"

"有救世主来到我们世上的福音。"

"救世主？什么救世主？他是谁？"

这时，西洋人显示出犹疑的神态。他后悔如此快速地道出自己所深信的。到现在为止，在他与中国人的谈话中，他总是竭力采取渐进的步骤。他感到，过于直接的话语不但让人困惑，而且与人抵触。更何况,在目前病痛的情况下,他实在不具适当条件去作适当解说。然而又正因为此,被那难以预测后果的疾病所迫使,面对道生强烈的目光,他突然决定不再回避:

"是的,救世主。他不是别人,乃是天主的儿子,也被称为'人子'。他被送到世上来拯救我们。倘若我们信任他,我们将会得救。"

"得救?有救世主来到世上,这确实是条闻所未闻的消息,确实!现在大明帝国每况愈下,各地盗贼蜂起,周围蛮族亦皆窥伺时机。天命完结时,就算天子也无法逃脱命数!得救岂是易事。你们那位天主的儿子在哪里?"

"他已经升天,回到天父那儿。"

"既已升天,怎么能救世人呢?"

"他在人间活过,身受了人的苦难,接受了人的极限条件。倘若信仰他,就能得救,并像他一样升天。"

"你的话真是闻所未闻,难以置信啊。好吧,今天不要再说什么了。你很疲倦,服了药之后会发汗,也会好好睡一觉。"


## 14

两天以后,道生返来治病。他看到病况依然令人担忧,虽然发烧减退了些。在先前开出的药材中,他加上储藏已久的罕有草药，救治这位异国人对他至关重要。别人不远万里而来，他当尽"地主之谊"，这是起码的事。再者，他深切了解，这人来此是为了有话要说。没有彻底说出就有违心愿地死去，岂不太可惜了。尽管他已说出的话并不易入耳。

看完病后，一时沉默之间，道生再次被那双灰蓝眼睛透露出的苍白微笑所吸引。

"既然天主的儿子是救世济人的，为什么他不救济你，让你病得这样子？"

"他救济的，是每个人的灵魂。"

"灵魂，那是什么？"

"其实，你知道什么是灵魂的。道家不是讲到魂魄吗？佛家不是讲得更多吗？他们其实都相信英灵不灭的。"

"道家相信魂魄不灭，是因为人死后，他的魂归天，魄入地，最终是返于道。道既长存，灵魂因而不灭，那是可以理解的。尽管如此这般，每个人自身是会死的。"

"佛教徒他们则相信轮回。至于我们，我们相信每个人的精粹是他灵魂，而这个灵魂并不从属于他的身体。身体可以死亡，灵魂却永远生存。特别要指明的是：灵魂永远都领会到、认知到自己的存在。"

道生摇了摇头，思考一下后，问道：

"果真如此的话，为何当初造世界时，不直接造出灵魂呢？为何要通过身体，要通过死亡之道呢？"

面对这个问题，异国人迟疑了一下，答道：

"身体本来是好东西。可是人有了智慧，有了自由之后，也就立刻可以选择犯罪。我们称之为原罪。人间从此成为个悲惨世界。"

"原罪？"

异国人又迟疑了。他已经后悔今天冲口而出说得太多：

"这是个复杂的题目，今天不能用几句话把它说清楚。回到刚才谈的，应当着重说的是：身体会死亡，灵魂却是不朽的，它永远活着。这就是我为什么说：救世主拯救的是灵魂。得救后，灵魂上升到天，返归天主。至于身体，它在世上，总得承受人间的条件。比方说，我现在生病，我或许会死去。倘若我死去，顺便说一声，就把我埋葬在此地……"

"不要说不幸之事。你不会死的。埋葬在他乡异国，远离本土，那是很可悲的。"

"这对我们并不可悲。我们热爱的是人而不是乡土。哪里有我们热爱的人，哪里就是我们本土。更何况，正是因为爱，我们不会死也不怕死，因为通过爱，我们将会得救。"

"这又是我未曾听过的话。可你用了爱这个字，我似乎听得懂些。告诉我，你怎么确定，因为爱我们将会得救，我们将不会死？"

"因为我们的天主是爱。倘若我们信任他，像他一样地爱，我们就会和他一体，就不会死。"

这时道生惊愕已极，不再多言。他嘱病人躺下休息。他看出病人面颊深陷，正在发烧，害怕他这样说下去会说胡话。

道生下一次来时，又不由自主地问道：

"为什么你总是说爱，爱每个人，爱所有的人？的确，我们的圣贤也说过兼爱、泛爱什么的，他们是指社会的融洽、和谐。在私下，在个人之间，我们不说相爱，而说相悦，或者就直说：喜欢。"

"这不完全是同一回事。相悦，或喜欢，是对自己而言，是当某人使你愉快。真爱则关系到一种超越你的东西。你爱别人，甚至在不可克服的障碍下，甚至在得不到回报的情况里……"

"这话说得不错，我听得懂。我是个流浪者，一个跑遍江湖的人，无牵无挂，但是不知怎的，我偏偏爱上了一个人，因此我明白一点你说的……这么说了，我还要问你，你确定你那天主是爱吗？你有证据吗？"

"我们信仰天主，也信仰他的儿子。他在人间活过，他的整整一生所做的就是以至爱爱人。也就是说，他的一生就是见证，证明至爱不是空想，他不仅可能，而且真在。"

"后来呢？"

"他被钉在一个高高撑起的木头十字架上。"

"钉在木头十字架上？就那样，活生生的？为什么？"

"因为人都生活在罪恶中，他们变得盲目，没有认识他的爱。而他，为了以生命证明至爱，没有罪恶能摧毁的至爱，接受了上十字架。"

"后来呢？"

"后来他死了……"

"你看，他死了！"

"我还没有说完话。我正要说：三天以后，他复活了。"

"复活是什么意思？"

"那就是说：他恢复了生活。"

"他恢复了生活？死亡三天后，人不能再回到生活中。自我行医以来，我从未见过这样的事，你有证明吗？"

"有过一些见证人。"

"这些见证人，他们在什么地方？"

"他们不再在人世了，他们已经升天，他们在天堂中。"

"你看，他们不复在人世间。你说的见证，还有天堂，有证明吗？"

"我们有一部《圣经》，说得很具体、明确。将来会译给你看。但是也要知道，不能止于看得见摸得到的证明。因为有些东西是肉眼看不见的，只能通过思想与心灵来领会。"

"所有这些，再说一次，是很有意思的，但是难以相信啊。"

道生第四次再来旅店时，发现异国人不在床上，而坐在房角新置的一把扶手椅上。面颊比较红润了，胡须也平顺了，身穿读书人常穿的长袍。他站起来打招呼时，道生终于看见他的全貌。和他同伴一样，他的肩膀也是骨架棱角显著，穿着长袍，颇有威严之仪，却又稍有格格不入之处。他虽然好转，并未痊愈，尚须另服新药。然而看起来，这人并不过于重视自己的身体，他已开始接待一些在隔壁房间里等待的人。他整个人，被什么莫名的东西支撑着，那就是他的信仰了。于是他的全部精力都集中在解说他的天主、人子和至爱的大道理。道生自思道："好奇怪的现象啊！看这个人，他清瘦的面孔，敏锐的眼神，以至可掬的笑容，无不是他所信所行的体现。就是那个莫名的东西支撑他，让他有胆离乡背井，翻山过海，跋涉万里来此，来到这个举目无亲的小镇，来到这个他险乎留下遗骨的简陋房间里！兰英和我的处境，是否也有一点相似？我们不也是一心向往的信徒，不也是被什么比我们更强大的东西推动？那东西可信吗？那东西有根据吗？嗨，这就是我乐于再询问这人的事！为什么他那般确信？为什么他把爱提得那么高？"

异国人是否猜到他的心思？他开口就直截了当地谈及道生所忧虑的这一点：

"道生大夫，你确非常人也。你不仅医术高明，并且对人生中的一些大事热心关切，你要知道，你的问话都令我思考。我想，今天没有时间，我们就不谈天主，不谈人子，只谈你自己。你说你知道什么是爱，因为你爱某个人，是不是？"

"是的，千真万确，我爱某位女人，可是很难对你说她是谁。无论怎么说，我从心底爱她，到了无以复加的程度。你不要以为只是指肉体，其实更主要的是指精神。"

"你说，从心底爱她，到了无以复加的程度。是否可以说：你爱她胜过于爱你自己？"

"完全可以。"

"那么我们就会看到，若是真爱、至爱，我们付出的爱竟是胜过自己的，超越自己的。宇宙间有这么回事：什么东西出自我们又超越我们。是的，人在真爱、至爱之时，就登临另一层领域。在这领域里，虽然人自知是会死的，却衷心相信，爱本身是不会死的。以至于真爱、至爱的人面对所爱的人立下永誓，对他说：'爱不会死，你不会死。'正如中国人以'天长地久'来比喻，或者说：'海可枯，石可烂，爱情永不渝。'是的，道生友，你没听见苦海之上，世界各地有心人的声音升腾起来宣称说：'爱将永存！你将永存！'所有这些声音汇聚起来形成大道，可言可行的大道。而这所有相爱的人形成的大道激发了真生，超越了死亡。这里，请让我向你透露一句话：爱之所以能成为真生大道，是因为在真生大道之始，就曾有了允诺。是因为创造真生大道之主在开始就对人说过：'我爱你，你将不朽'。要是他没有说过，要是他没有给出这样的允诺，我们这些可怜的人不会想到去说的。"

异国人舒了口气，眼里闪出热忱的光亮。显然，他惊异地发现自己这般激昂，更惊异地感到自己也受到启迪。

走在归途中，道生陷入沉思："这人抛弃一切来到这里，他是个疯子吗？至少，活得像他那样，总得有点疯狂。当然，多少道士、和尚也都弃世。但是除了大唐时代有些高僧以外，多半都平静地生活。这一位的做法却是不顾性命，破釜沉舟，其他一切全不算数，这是怎么回事？出世也罢，他又入世，因为道家说到宇宙万物默契，佛家说到众生大悲大悯，他却一口不断地说爱。说得心胸震荡，实在有点痴狂。或许，说到底，我和他乃是半斤八两？像我这般爱得入迷，日日夜夜胆战心惊，和一个难解的问题对抗，总有点癫狂吧。因此，我和他同样都是疯子，不行暴行的疯子。话虽如此，亦有不同之处呢。他说应爱所有的人，我呢，我只爱个女人，一个可望而不可即的女人，谁最疯呢？再想一想，既是爱，只怕又不是全疯。真爱、至爱岂止是任性所为，那是非得如此不可，那是心甘情愿地承担所有遭遇，忍受所有伤痛！道生，道生，你为自己占卜一下吧！与此人在此时此地相遇，是命定之事，还是偶然之事？为何他口口声声讲爱，把个"爱"字引进我嘴里、心里？我以前未听过也未想过。为何他又把爱提得那么高，高到和他那位天主联系在一起，那简直就是联系到太极了。这岂是人力所能胜任的？爱，这个奥秘之物，人能探其边，触其底么？"

## 15

"海可枯，石可烂，爱情永不渝。"这样的誓言，人一生中能有幸发一次么？人来世间不正是为了发一次这样的誓言么？异国人说的话该是真的：这样的誓言发出之后，爱将不朽，所爱的人将不朽，爱着的人亦将因之不朽。于是，有情人可把此生视为无怨无悔,尽管他们每日只能片刻相见,尽管片刻相见时不可一触一言。有情人有福了,那天长地久的永久誓言在他们心中共鸣,他们的真神与天地的真神打成同心结。

　　独自个儿,道生在他道观的斗室里喃喃低语。这些生自心底指向无限的话哪能去对外人说?外人不会懂,只会把这一套视为空幻无稽、痴呆可笑!就这样,他独自与长夜共处。夏夜久久保留着白昼的炎热,直到午夜之后尚未散尽。木板床上铺一张破旧了的席子,斜躺着的相思者自开敞的窗户望出去,银河横空,光波汹涌。浩瀚宇宙呈现何等雄伟而震撼人心的宏观景象!万物被卷入硕大的远行中,无止无休地在那里旋转。对此宏景,谁能不体会沧海一粟的渺小、迷失?完全迷失么?绝望的人眼如果愿意继续注视、细心观看,它会在耀眼的光芒边沿,延伸到更远处,慢慢看出一颗颗独立的星、独特的星。每颗星都在燃烧,并向别的同样燃烧着的星星示意;它们之间织出牵连,再也牢不可破。那些无牵无连的则像流星消逝。是啊,星向着星,心向着心!这些星星与地上有情人们的心有所不同吗?人心是不是模仿了星星?搞了半生占卜,道生当然知道二十八星宿与人命运的关系。那关系,在他心目中,到此为止只是一套玄虚学问。今夜不知怎的,他切肤地感受到那乾坤的大力推动;他了解,任何事物,再卑微,都有它的法则,它的路子。烧得发光的路子。选了这条路子后,他,道生,能不走到尽头么?

　　自从这夜之后,道生改变了他的睡眠方式。他不再全身躺倒在床上，钻入被子下面。不再沉入凄惨梦乡，毫无自卫地经受噩梦或乱想侵扰，他发现半坐着以背靠双枕而眠，所得歇憩更为安宁，更为清爽。睡意迟迟不来时，他学会不再烦躁不安，只是静思，或是静观天空，看星光明暗闪烁，看云舟缓缓驶过，更经常的是和兰英谈话，这是他白天做不到的事。这样，夜间成为抚慰的时刻，日间的期待也就因此不那么漫长、难熬。驯服地坐在床上，合上双眼，这时，兰英轻步前来，携起他的手，向他问好，和他谈心，好像现在轮到他为病人了。他衡量到自己身心所发生的深刻变化。回顾此生，一连串的事件使他成为个流浪汉，他一向对过严的纪律以叛逆回应。后来在几个道观中的长期生活也未能制服他。有那么个无法抑制的怀念折磨着他，令他不能静下来。于是又浪迹江湖，直到终于有朝一日他明白了：怀念的根源其实是个召唤，那召唤才是他生命的基石，其余的均是飘摇虚空。正是为了回应这个召唤，他来到此地，从此就心悦诚服地不动了。可以说，在他心胸的土壤中长出了一棵树，耐心地展开枝叶去承受，去啜饮真生所赐予的：热光、清风、露水、期候的雷鸣、及时的雨……

七夕临近时，众人皆不免谈及牛郎织女。他也开始注视位于银河两岸的那两颗星。他惊异自己没有更早想到这一对与天地俱生的情侣，他自己和兰英的姻缘与它们多么相近啊。当然得承认，他和兰英的处境稍好一些：几乎每天都能相见一会儿，不只一年一次。然而性质何异？无论是近处相见或是遥遥相望，均不得交换一语,更莫说抚触一下。他没有忘记,牛郎织女,那只是虚构的传说。果真只是虚构么?为何多少传说逐一沦入遗忘中,独此传说千年未断地存留下来?千年来,七夕夜里,多少天涯情侣曾经仰首观望?今年七夕,又将会有多少情侣,异地同心?他又想起异国人所说的:"所有相爱的人以言以行形成大道,激发真生,超越死亡。"想到这,他不禁振奋了一下。总之,七夕之夜来临时,道生第一次,如众人一般全心仰观上方场景。午夜过后,准确的时刻里,银河的耀眼光辉在周遭云雾中迷漫开来,两颗星浸没入众星闪耀之中,正在践行它们的相会。假想么?真实么?此时无人提出这样的问题。无可置疑的是,神秘的夜里,人间所有的有心人,真情填胸,清泪盈眶,参与了这感天动地的神圣事件。他们敢于交换誓言,因为在暗里任何腼腆之情均可抛开,就这样,人们把生命托付给一句誓言的保证。

七月结尾。兰英和小芳自庙中出来,照例走近算命摊子打个招呼。不知被什么力量推动,道生想也没多想,顺口溜出:"中秋节夜里,三更时分,后门外。"话刚出口,他为自己的大胆慑住了。他看见兰英并未作答,转过身子步步远去,背后随着小芳。他立即懊悔,责备自己不该那么随便越矩,而且像下命令似的。

以后数日,他惴惴不安,却竭力保持常态。中午,他照常陪伴独脚乞丐前去领食。不免观察兰英的表情,从她眼神、从她嘴唇流露出什么信息?是面目封闭,抑或相反,抑或更复杂的心意?表面上哪能看出来。但有一点不能不令他忧虑:兰英不再来庙里了。

"女人的心难测啊！男女之间可以情深如海，一点误会不弄清楚有时竟能导致无可补救的后果！我的轻狂要求是否冒犯了她？她，只怕未曾想过这样的会见，怕人会抓她为通奸了。更糟的将是：她怕我会有下流色鬼之图！"道生的焦虑几近绝望，他看见老孙来到大庙传信，他请大和尚转告穷人们：由于中秋节将临，英娘暂停布施，因家家都在制备菜肴、月饼，乞食人各处都可觅得食物。道生，他不能不自问："兰英今后不愿见我了么？"

中秋之夜，二更前后。镇上各处以及附近村庄里，人们正欢享团圆之福，那圆圆满月不正是团圆象征么？团坐在院子里或晒台上，他们有说有笑，互述传奇故事，吟诵古人诗词。喜悦的声响回荡在夜色之中，与他们咀嚼的果饼糖食同样饶有滋味。大地淹没在一片银光里，任何照路的灯笼皆成为多余。道生在他的流浪生活中，曾经多少次走过夜路，这一次却尝到从未经历过的孤单。在通往赵家庄园的小路上往前走，三更前他到达后花园门前，沿外墙迈了几步，就在墙角蹲下来，蜷缩在野草中。静下来一听，近处、远处尚有人声可闻，很快又被震耳的虫声掩盖了。他这才抬起头来，被那大如铜锣的月亮吓了一跳。皓月当空，近而又远，四周散播出至美的光环，好似要凝聚万物之期待于一身。万物也不再抗拒，顺心地任由光环包融、浸浴，低声道出感谢。好一个神秘的良夜！她会来吗？

现在他辨别声音较为清晰了，听到的是自己的心跳和花园那边传来的蛙鸣。一个意念抓住了他：这一辈子，他将永无进入花园、坐在兰英身畔欣赏池中荷花之福。而那花园就在墙后！惶惑之极，在灵感催动下，他伸了伸腰，斗胆地说起来：

"让我进入花园，像一道月光吧。月光只求照亮大地，并不想扰乱什么。照亮大地，让园中景物保持声响、芳香，让它们更净洁、更清新。你是受过压迫、受过践踏的女人，你也许如惊弓之鸟，不愿随意落入新的陷阱。我了解你的心思。你往上走，已经走得很远，远得我力不能及。可是你得相信我，我将跟随你，用全部耐心。为了追上你，地久天长都不怨多……"

吱嘎一声，如刀裁丝锦，撕裂了三更的寂静。这声音他很熟悉，白天里总给他带来欢喜的战栗，是那衰朽门板在后门开时发出的。现在它将带来什么信息呢？道生屏息不动，心怦怦地跳，直至他认出小芳身影自门里闪出来。他霍地站起身来朝她奔去。小芳"嘘"的一声止住他，小声说道："大家都还没去睡，幸好他们在前面院子里。不知会不会有人到后边来。得小心哟，我们不能待太久！"

门背后，兰英在花园里等候了一刻。她也心潮澎湃，起伏不已。她其实是全意全心来赴约的，但总有什么逼使她认为，这样做过于大胆，至少是会有损声誉的。她立在那里，不再多想，被这光影相参的珠玉时刻迷住了。就那样任由上方倾下的乳光洗浴她，周遭的草香虫鸣包裹她。何等奇幻的时刻！她此生曾几度活过，虽然那已是遥之又遥的事了。追忆一下吧。童年时期，她由奶妈领着到邻村去看戏，一路上也不用灯笼，有好大的月亮陪伴。后来大和尚把她从强盗手里救出，当晚下山也是皓月当空，众星拱之，天地之浩瀚更令人不解人间之残暴。不解啊，这下方的人间，女人的命算是最为悲惨。身心秀美，满怀柔情，却不断被糟蹋，因糟蹋而变质，如要保持高洁，只能像嫦娥那样，幽居广寒宫。多少次，她，兰英，透过窗帘，和那位悠远的孤独者交谈。

兰英出现在门框里时，心中已全无杂念，纯粹是一朵秋水上伫立的荷花。看见这景象，道生瞪目无言，不敢向前一步。此时任何主动之举皆应来自女人。兰英只迟疑了一下，伸出右手。道生一步向前，握住了它，直说道："兰英！"女人的回答轻微得听不见，从嘴唇动作上可以猜出是男人的名字。随后的静默又是由兰英打破，她将左手按在道生手背上；同样地，道生将左手按在兰英手背上。这四只手，亲密重叠着，互相授受人间最安详、最和谐的默契。这是两位相对的情人所企求做到的，也是他们此时此刻所能够做到的。他们不能不这样做，因为两人都丝毫未忘兰英床边的创始之举。那创举所给予的强烈感受只有他们得以领会，在他们心胸中植下了永无解脱的饥渴。

这一次不是坐着，而是面对面地站立，息息相通因之更为完全。柔滑如玉的素手舒展在粗糙有茧的掌心，脉络连脉络，枝叶接枝叶，指尖、掌心所触传至肩臂，传至全身。再无面对，再无分离，只有一股血潮起伏，把情人卷入忘情之境。他们就停留在那儿，无限期地停留在那儿。

满月的时辰异于寻常，他们能更亲近吗？大概，在约会前，那个未表达过、未认许过的念头曾经在刹那间掠过脑海；大概，模糊而又大胆地，道生曾经指望什么出奇的亲密。但这些意愿都在现实面前顿然消逝：千年的礼法，本性的拘谨，加上三十载期候所孕育出的对于对方的崇敬、珍爱，都使得身体接近尚为不可能的前景。对情人来说，在苍穹下的这一刻，在大地上的这一角，比导致窘困的拥抱更为迫切的是终于好好地相互观赏对方的面容。终于好好地观赏，而不老是那么短暂地，急急忙忙地，甚至偷偷摸摸地！两人都是生活过的人，都知道一个人心灵的美质都集中表现在面容上，面容发出的目光，面容流露的微笑，面容吐露的话语。特别是经过时间清洗了的面容，是那面容在时间清洗之后依然保留的心灵光辉。

道生的脸孔是净化了，再看不到当初那有点高傲掺杂着自负的神情，也看不到因搞算命、看相而不得不摆出的能说会道的相貌。满布皱纹的额头、面颊上剩下来的是一心爱慕者的不无焦虑的炽热与真诚。兰英的脸孔呢？往日的忧郁褪去了，呈现出一片素光熠熠的单纯。隐约的皱纹，衬着几丝银发，却远未使它逊色，相反，更让人感触到其间所包含的完美梦幻。瓜子形的轮廓里绘成的双眉，眼睛与嘴唇，清晰而明朗，是人间的珍宝。这珍宝是挂在蓝色缎衣上的一颗珍珠，可以和周围的群星媲美，事实上比群星更可贵啊！

时光催人。聚在院子里的人也许正在散场。或会有人转到花园来,确实,时光迫不待人。任何行为之外,必须把最重要的事说出来,这是人在世上所能做到的最重要的事,其余的事都是附加的。道生丝毫未忘他在心中反复思索的誓言:"海枯、石烂……"奇怪的是,在此夜深人寂万籁无声之时,这些天长地久的话语却说不出口——还是千年礼法、本性腼腆么?情人能说出来的只是油然而生的简单词句,和他们最初所交换的话相差无几:

"谢天感地,我们今晚终于团聚了!"道生说。

"是啊!"

"终于团聚,再也不分离了!"

"是啊!"

比最初一次更大胆,兰英加上一句:

"再也不分离了,今生今世,以至来世,都永远在一起啊!"

## 16

果不出老孙所料,朱六的玩世不恭只会给他招来祸事。这位善于讨人喜欢的年轻人,在主人面前极献殷勤,背后生活却糜烂得可以。老孙虽然本性保守,对此不能同意,倒也不由得不佩服那位伙伴。他,老孙,种地出身,哪有胆量夜间跑去镇上挥霍赌博,喝得烂醉?他敢去寻花问柳,竟至搞到和福春娘偷情吗?这般作为,他连私下去想想都不敢!更叫人难以置信的是:朱六这活宝输得精光之后,还胆大包天强行向福春娘索钱。福春娘岂是随便让人欺负的人。她虽身为女人,心计却很高,设下了陷阱,把他轰出了赵家,流放到远方去。

说实话,他老孙不是同样料子做的。人世就是如此,各式各样的人,朱六一味行乐,搞过多少女人,不计其数;他呢?也是光棍,连一个也没碰过!这是怎么回事?他倒是喜欢上了一个,也就只喜欢这个,偏偏落到妓院去了。那就是顺子,正如他对朱六说过的。顺子被二爷糟蹋后卖出去时,他刚进入赵家。他为这事好不伤心,以前从未对人说过,心底保存着秘密,就像他在墙砖缝中月复一月、年复一年保存他的积蓄一样。保存积蓄,是要把那真纯的姑娘救出火坑呀!朱六,这个逛窑子的老手,多少次催他去看顺子,他总是太难为情下不了决心。现在那个年轻伙伴走了,临走前,他狡黠地挤过一眼,好似说:"此后没人催你逼你了,你自己做主去吧,老伙计!"

说起来容易,做起来却不简单。那日,老孙是自后门走出赵家的。他衣着干净,头戴那顶二爷娶福春娘时给他的瓜帽。只要不开口说话,他倒勉强可以装作一位过路的货郎。于是他鼓起勇气,径直朝镇西河岸码头那边走去,那里是些他从未涉足过的街巷。一旦进入,他活像个不谙水性的人不留神闯入深水,一时不知所措。这里遍地是赌场、烟馆、不三不四的客栈,乌烟瘴气的,叫人喘不过气来。来往的人也不三不四,他这个乡巴佬夹在中间,显得特别笨手笨脚,更说不上什么探问去妓院的路了,他会脸红得直向地下钻！老孙独自转来转去，多亏朱六给他描述过，他慢慢摸清了门路。两条人来人往的大街之间，一道不太长的巷子，巷子中央一栋房子的大门油得漆黑漆黑的，门上悬着个好大的红灯笼，上边写着些字样，就是那里了。那黑门尽管就在眼前了，走向它却颇费工夫，"近乡情更怯"嘛。老孙的腿僵硬起来，只能以蟹步曲折前行。先是，在大街拐入巷子的转角处，他装出漫不经心的神情，偶然经过那里似的，踯躅了一阵子。不巧，下午这个时刻，过路人不多，他衣装太干净，帽子太新，久待会引人注意的。他走开了几十步，然后又折转回来。这时正好有人走进巷子，那人到了巷子中央，推开黑门，猫样地轻步溜了进去。老孙于是也壮了胆子，往那大门走去。门前他听到有人嬉笑，夹杂着女人尖嗓门说话的声音，他两腿发软，实在没法去推门，只得继续往前走，直到另一条大街的转角处。他缓过气来，开始怨恨自己，为自己的羞愧而觉得羞愧。"怎么啦，我又不是为脏事来的，我是来找顺子呀。"鼓足了勇气，他于是卷土重来。这一次看来较为顺利，他到黑门前时，门竟是半开着的。一个上了年纪的女人探出头来向外张望。那鸨母的方宽平扁的面孔眯开了笑容，甜言蜜语地："哎，请进来呀，店主，请进，请……"老孙嘟哝了两声"嗯，嗯"作答，这就低下头，跨过了门槛。

进到屋内一个大房间里，一边是个大柜台，另一边是些椅子、茶几。老孙摘下帽子，正不知如何开口，鸨母早已献殷勤说："初次来吧，店主？请坐坐喝口茶。我们这里没有客人不称心如意，娘儿们都美貌无双,叫几个来,任你挑选。"

"美貌的或不美貌的,对我都一样。我要看顺子!"

老孙低浊的声调让人听出他是乡间来的。

"啊,顺子,那么店主认识她?"

"好些年啦……"

"我立即去叫她。她就来伺候店主,她很会服侍人!"

这些话使老孙的脸直红到耳根。在那女人走开时,他没有如女人所邀请的那样坐下来,却傻乎乎地站在房间中央,摆弄他的帽子。他期待着要受到打击,而这打击却来得更加凶猛。她出现了,在门洞中,身穿一套过分花花绿绿的衣裙。与衣裙相配合的是:过分涂脂抹粉的有点浮肿的面孔;头发涂了发膏发出了油光;额上的刘海不见了,从前这刘海给面孔增添了一种清新的娇媚。老孙想方设法要在这站在他面前的女人身上找到从前的顺子。当这个女人摆脱了她忧悒的眼神,向他发出惊讶的微笑时,刹那间老孙几乎觅回了她。

"是你呀,老孙!"

"是呀。今天我到镇里来办事。我来给你打个招呼。"

"你不怕劳累而来了,就乘机消遣一会儿吧!"

鸨母总是喜欢多嘴。老孙尽管毫无经验,却足够机灵来明白话中的含义。他借助于一阵突发的自尊心,扮演出那种吓不倒的人。他问了价钱,就用他那很难看出在发抖的手,从他的钱包中掐出几块头天晚上仔细地数了又数的钱币。

他跟着顺子走进一间全然使他不舒服的房间。家具咄咄逼人,床更惹人恼火。遍布各处的是俗不可耐的肮脏红色:红墙、红被子、红屏风。甚至那漆已开裂、摆放茶杯茶壶的托盘都染上这陈腐色调,让人想起顾客喝得醉醺醺的皮肉和妓女咯出的鲜血。唯一缓解了老孙心情的细节是,顺子手腕上仍戴着翠绿色的假玉手镯,这是货郎在赵家门前卖给她的廉价货。老孙对这事记得很清楚,因为他当时在场,那时他刚进赵家打工。

房内的空气令人窒息。顺子帮着她的"客人"把上衣脱下后,自然而然地,把手伸向布腰带,一面说道:

"老孙,你怎么想到了到这儿来?"

"你碰我的腰带干什么?"

"我替你解开,要不,怎么干啊?"

"干什么?"

"奇怪啦。你到这儿来,已付了钱,不就是为了那个?"

"不是现在,有的是时间。"

"在这儿,不能拖延太久,你知道。"

"我今天来不是为的那个。"

"你是什么意思?"

"我的意思是什么?说给你听吧,我要为你赎身!"

"赎身?我的老天爷!你说得可好,那要一大笔钱哪!"

"一大笔钱?我有,我积蓄了些。你说说看,得要多少?"

"至少几百两银子。"

"几百两银子,嗯,是笔大数目,还得等些时日……"

老孙竭力保持镇定,虽然心里凉了半截,硬口加了一句:

"相信我,我去想办法!"咬紧牙关,他真心实意地下了决心。看着这丑陋不堪的四壁,他怎么能不恶心?想到顺子这一辈子就埋在其中,他怎能不心碎?更叫人心碎的是顺子的面孔。它因为感情突发而呈现红润,因为心灵苏醒而有点容光焕发了。看,她的眼睛正在闪烁光辉,那对妩媚的双眼,在赵家屋檐下,曾经令他老孙心醉啊!古人说得好:荷花出于污泥,终不染身。

"我不知道天下竟有你这样忠诚的好人!"顺子呜咽着说:"有朝一日归属于你,我要三生服侍你作为报答!"

"只要一生就够了,我不求更多。我要把你从泥坑里救出来。你说我忠诚,我就是忠诚,我不是朱六那一路货。我要救你出去,你等着吧。"

女人哭得更伤心了,她的双眼变成决口的堤。泪水浸湿了两三条手绢后,不知是出于好奇或是为了散心,她问道:

"朱六怎么了?"

"他呀?他刚从赵家给赶出来。"

"他也被赶出去?真的?"

"怎么不真,那是他自讨。他脸皮厚,这你知道,你哪能想到,他居然和福春娘勾搭上了。"

"真是想不到!这个晦气的赵家,什么丑事都会有!后来呢?"

"后来吗?该来的祸事不就来了么?……其实,那事本来可以这样瞒着人混下去，没人知晓的。偏偏朱六不是个安本守分的人，你别看他口齿伶俐，手脚勤快，以为是个好小子，他背后坏习惯可多咧，玩女人不说，喝酒、赌博成性。有一阵子输得精光了，只得借债，债越积越多，实在还不清了，他逼得好大胆子去找福春娘勒索钱，说是不给就要把事情说出去。这哪是福春娘受得了的，说出去两个都得送命呀！她设下了个圈套，朱六懵里懵懂地一头栽了进去。"

"有这样的事？什么圈套呢？"

"要知道，二爷瘫痪以来，脾气愈来愈糟。特别是终夜咳嗽时，他情愿独自睡觉。福春娘就睡在旁边那间屋子里。也有时，福春娘自己也不舒服，或者孩子生病，她就过去睡在孩子房间里，让焦妈睡在她床上：这样，二爷半夜有事叫人时焦妈就能听见，立刻起来前去伺候。你猜出了吧，福春娘设下什么圈套……"

"猜不出呢。"

"是这样的：有天晚上，她约男人来，说是谈事，也顺便温存一下。事实上，是焦妈睡在她床上，她自己在孩子房间里。朱六这个机灵鬼，头脑昏乱时，并不那么机灵。我们可以想象，他照习惯溜进房里，摸到床边。一伸手，大概就已感觉不妙，碰上的身子不是匀匀滑滑的，是粗粗皱皱的啵！"老孙停了一下，有点吃惊自己会这般描写。他是个乡下人，自知迟钝，但在这事上他倒不缺想象力。"他一时没懂，还接着摸下去。不好了，他听到惊醒过来的焦妈那哑声在喊：出什么事啦？有贼呀，抓贼！"福春娘这

就窜了进来，叫道：'是你呀，朱六？好大胆子，上我屋来偷东西，偷我首饰呀！'

朱六呢，他吓得目瞪口呆，想回一句：'这是……。'福春娘哪让他多说，她板起面孔喊道：'乘黑夜偷东西，还想诬蔑良家妇女，罪行严重，至少流放边疆，长年苦役！'这一下朱六够机灵了，他知道流放、苦役这些等于去死，就不再吭声，一口承认是来偷东西。二爷当然没有猜出底细，照例把他送进衙门。可怜的'小偷'在牢房里苦了一个月，挨了顿棍棒，赶出县城去了。"

"这样了结算是便宜了他，朱六也真是自讨苦吃。话又说回来了，这些事情当中，穷人只有吃亏，富人总是无法无天啊！"

顺子这回答把老孙扯回当前，她的境遇不正是横蛮的不讲理招致的？临别之前，他重申心愿：

"是的，赵家罪恶多端，我不会在那里待太久。你等我吧！"


17


冬天之后是个早来的春天，没经太多周折，它就登上了宝座。转眼之下，它已在位三个月了。镇上与周围乡下，空中满是柳絮飞舞，混杂着李子花与丁香花怒放时所播散的清香。经常必须以生庚八字与顾客们周旋的道生，不会计算不出自己进入新的生活天地已是第三个年头。他任岁月的流逝载负着他往前。太快么？

太慢么？这类问题都不再是他所思考的了。他的生活依从了另一种节奏，一种超越他的不以时计的向往。除去一些例外情况——或当兰英稍有不适，不能亲自布施，或当他自己忙于顾客，不能前去领食——他每日都沉浸在对她的期待中，她成为他生存的中心，生存的理由。既无终结亦无疲怠的期待，每次会见都带来新的愉悦，也带来相见短暂、无法言说所造成的惆怅。存在他身上的是希求满足的情感以及不断匮缺的遗憾。怎能否认在他身心深处动荡着繁茂大自然所激发的炽热，而他总也就因而希望获得更多。他多么想更加深入兰英的生活环境啊！这一来，他心头不免泛起些混浊的念头，虽然他深知这是可鄙的。比方说，兰英假装生病，俾使他们再享亲近时刻。以她那样的高贵性格，兰英是不会贬低自己如此造作的。不难看出，在这女人眼里，他们在中秋月夜之所为是他们目前所能达到的极限了。

兰英有她的看法和道理，必须懂得遵守。想到这里，男人宁静下来。他意识到身上发生了变化：他感觉另一种存在从他的根底在寻求成长，恰似一株忘年的老松竟又从盘根上抽出新枝，爆裂了岩石，不可抗拒地增高其躯干。这另一种存在，仍是他自己吗？仍依照他与生俱来的法则吗？他全然不知，有些外来的事实倒印证了他对自己的认识。他注意到，前来找他的顾客中，很多人不再满足于太幼稚的算命，他们问起人生之道，以至如何处世、如何超度这些问题。不可否认，他们在他身上看到的不仅是那个跑江湖的人，而是位蕴藏品德的智者了。这可是道生从未想到也不愿去扮演的角色。他一向自认是个无家无产的人，只是心里有团火，总逼他朝前，逼他求索，朝向至今仍不可知的命运求索。

清明节前，仁厚的天空顺应农人心愿，降下一场丰沛大雨。云团飘过，悠闲地在水田上映照，处处闪烁着翡翠。今夏的收成会好，几乎成为定论了。总之，急于要让自己安心的人们充满了感谢上苍、预祝丰年的心愿。不久将临的端午节会是热闹非凡。这个自开春以来众向所趋的大节日标志着人们追随生命向上运动而步步向阳的高峰。难怪它是献给在人心中复活了的大诗人。这日不正是两千多年前诗人屈原的死祭日么？它多么富于象征意义。

节前数日，家家户户都已精心制备食品、点心，更不用说以芦苇包成的或甜或咸的粽子。蒸熟后，米香叶香唤起人间集体欢庆之欲。节日当天更是家家挂上长长的菖蒲叶，户户门口贴上对联和彩画。路旁祭坛，不分灶王、土帝，一律受到供奉。大庙里涌入成千上万的信徒和访客，好不热闹！

端午节前几天，兰英就已暂停布施，原因是穷人们到处皆可讨到饭吃。这日，她由小芳和憨儿陪同，先去庙里烧香，然后再上轿，憨儿步行在后，径往镇城西门外河边。想要到达河边大石桥，谈何容易。人群汹涌如潮，推挤向前，大家都要争看赛龙舟啊！幸而，大石桥附近一块高地专门留给女客。经过一番奋斗，轿子总算在众多轿子之间，找到歇下的一席之地。下方低处，男人和孩子们散布在河岸各处，更不要说大桥左右了。大桥本身亦满载观众，挤得不能动弹。只见人头晃动，有的戴着草帽，有的光着脑袋，不时以纸遮阳。整个大桥远看活似卧龙一条，点点鳞片颤动在风中。桥中央的桥孔上端，悬挂着一只红缎大圆球，那就是船赛胜利者的锦标了。大石桥乃是赛程的终点，河水下流拐弯之处，可以看到四条龙舟彩旗招展。众人都在耐心等待竞赛开始，近处、远处相互致意、招呼、叫喊、嬉笑。嘈杂人声，只有不时被爆竹之声打断。爆竹心花怒放地劈啪作响，喷出阵阵火药味。节日气氛更趋浓烈狂放。

看样子，那边正在紧张准备的竞赛一时还不会开始，汇合在河堤沿岸的人群有从容观看高地的闲暇。那高地在这一年中罕有的一日里，骤然托出奇妙之境。妇女们值此季节衣裙轻盈，配合上那些每当阳光夺云直射时撑开的阳伞，织成了鲜艳的奇迹。奇迹中之奇迹是那么多女人的面孔，一时聚在一起，长时间呈现出来，光彩夺目。简直是一天群星灿烂，令所有男人仰首凝视。这些平日惯于欺压女人而又贪看女人的男人啊，现在可以畅心所欲而又无可奈何地观审了。道生亦不例外。站在河岸上，他把目光同样投向这诱人的一端。手遮在前额上，他张望着，初始茫然地，然后用心地。骤然间，一道闪光摄过心田！他辨认出一套深紫色衣裙及旁的浅蓝色衣裙：小芳和兰英在那里！他举起双臂打招呼，一边又笑自己徒劳。身穿和周围乡下人同样的白布短上衣，高地上不会看得清楚的。何况周围气氛愈来愈骚动，河边上一些青少年更在推搡、争吵。

他们之中，他看见了憨儿和赵家几个孩子们。他们都挤在河边靠水处，为了细看龙舟。他认识憨儿，也每天看见另外几个去大庙旁的私塾上学。他走上前去和憨儿攀谈几句，顺便也打听一下赵家的事，得知福春娘和焦妈本来也想看赛船，因为二爷病重了，没能来。

竞赛在锣声铿锵之中开始。船的前身均由高高昂起、张口喷金的龙头做成，两只赛船离开了出发线。它们逆流而上，风旗招展，速度越来越快。鼓声震耳欲聋，应和着赛手们不断的"哼唷，"为他们的前进打气。每只船上，立在龙头后面的指挥，头上系着红巾，转过身来，挥手激励着伙伴。这些汉子上身赤裸，胸、背均涂抹上龙鳞符号，他们未忘是龙的传人。在这特殊的日子里，他们实在表现出了龙的姿态。酣醉忘怀，每人皆奋不顾身，竭力战胜划桨的窒息，在潮顶浪尖掀起了原始节奏。

道生只为看热闹而来，这时也被普遍的震撼所激动，旧日记忆卡住他喉咙，令他血液沸腾。他又看见自己在快要决口的堤上与一群犯人竭力堵住决口。手抱石块，他们赤裸的上身形成一道微不足道的壁垒，试图抗御如猛兽扑来的洪流。多少人不会游泳给冲走了，恰似一铲铲飘远的稻草……啊，不会游泳，今日的桨手里也该有多少是这般情况。龙的传人长期以来已定居陆地，不能再像水民祖先那样文身游泳。然而，他们并未因此而与水隔离，水可是他们的命根子哪！整年整月，他们不就是活在对水的祈求中；而水又偏偏喜欢跟他们戏弄死生。分量适当，水就保障他们的幸福；不足或过多，水就闹起旱灾或水灾。就这样，水成为反复无常的神冥，人们以爱慕与畏惧来崇奉他。看，这个龙舟竞赛不就是见证么？两千多年前，为了祭奠诗人在汨罗江中溺死，人们创立了这个端午大节，其中深意业已俱在了。屈原，这位汉民族的大诗人，由于君主昏庸遭到罢免。在放逐中，他成为依恋故国的颂唱诗人。他的哀歌嬗变为整个民族熟知的对神祇的祈求。自投汨罗江时，他完成了牺牲、祭献之举，求得通过水的媒介，重结天地联姻。

诗人更深一层象征的是世人对公正之道的崇奉。庆祝对屈原的悼念即庆祝生命的胜利！当初，粽子、鱼虾是用以投掷江中以飨水怪，俾使牺牲的诗人尸体免受吞食。现在人们自己吃食粽子、鲜鱼，重新获得活力与信心。那些谦卑的农民通常在权势压榨下、在农务紧迫中，总是习惯了俯首折腰，此时此地却恢复了自尊。他们浑身突出的肌肉在水与光中闪亮，手把木桨，双肩扑前拽后，头面俯水仰天，划呀，划呀，哼唷，哼唷，一时间把所有枷锁全都投掷得远远的。一时间，他们把人性与神性掺合一处，达到心荡神驰的至高境界。

他们是龙的子孙，不可轻视啊！倘若尘世间的权贵违反上天旨意，他们也会揭竿而起，进行反抗。他们梦想的是和谐生活，暴动也是他们力所能及。想到此，道生思考他自己的命运。那些多次重复的扪心自问又重现于脑海：他不也曾是个叛逆者吗？他因敢于对抗而被流放。潜逃后，又在浑水中活过一段时期。后来长久与道士为伍，却没能完全奉行他们的法规。继之而来的到处流浪，虽然从事一个行业，始终又为探索别的天地所动。最后找到目标了，虔诚以赴，所服从的纪律乃是来自内在，来自心意倾爱的纪律。或许，在这方面，他仍是个叛逆者：他和所爱的女人没有遵守传统秩序，没有服从公众法则。

　　那位女人就在眼前，蓝色衣裙衬托在蓝色天底。多么邻近，似乎伸手可及；多么遥远，几乎被太空吸走。寻索是没有终结的啊，火焰得无尽期地燃烧啊，这就是真实，这就是他俩的真实。节日上空，艳阳普照，他任由幸福之感包裹，没有丝毫倦意。从那高处，她现在或许看见他了？不管怎样，他确知的，她正在想念他，这岂不于心已足？艳阳普照，大地茫茫，某件事却在人世间发生：两个人终于重逢，两颗心终于同跳着同一节奏同一颂歌，有比这事更重要的么？尽管默默无闻，两颗心同跳时，要比那边拍打的节奏更为令人倾倒啊！于是道生参入了其他人的狂热。他趁机放声大喊，心胸顿然舒畅，那心胸实在因过久的喃喃低语而闷得发慌。情绪越叫喊越激昂，他向高处挥舞手臂，竟然尽情地唤出了心上人的名字："兰英哟，兰英！"好欢快的一刻！道生丝毫无恐，周围无人会听见，众人所造成的喧嚣此时已达极点。一只赛船正在超越另一只，直向桥拱冲去。红巾系首的指挥踮足挺身，高举的手触到悬挂的大红球。刹那间，两只赛船已在鼓声中先后穿过桥洞，抵达上游迎接它们的临时码头。桨手们经过时抛出的粽子、草鱼、草虾等，散布水面。观众欢呼之声不断，沸腾气氛未减，因为大家在等待比赛的第二轮，另外两只赛船还将大显身手。不久，第二轮开始：同样的锣声、鼓声，同样的顽强搏斗和哼唷之声，同样的最后一片疯狂。观众需要这些，这是他们罕有的发泄积愤、排除恐惧的方式。

第二轮比赛后，前后两次各得胜的龙舟沿江而下，回到出发线上。它们准备进入最后的决赛。

等待期间，不时鞭炮震响，气氛趋向白热化。河水表面布满了金黄色的草鱼、草虾，宛若遍地春花。其中有些被水流冲向岸边来。孩子们纷纷奔向水边去拾取。就在这时，发生了不可避免的、点缀任何节庆的事件。挤抢之中，一个个子不高的少男被猛推向前，他栽倒得很远，屁股在上，头朝下落入水中。这引起观众哄然大笑。可是很快他腿也不见了，才有人叫道："糟了，他要淹死啦！"然而并没有人行动，看来，无人会游泳！道生赶忙脱去上衣，还顺眼看了看憨儿是否仍在。由于没有见到，他念头一闪："就是他，这个受气包！"

他立即跳入河中，潜到水下。果然，离岸几步之遥，河底骤然下降，人失去了支撑。在水流甚凉的压力下，他的身体极度紧张而不能伸展。他用手摸索着，什么也没有触到。"他已经更远了？但愿我能抓住他！"的确，一个生命得救回来。千钧系于一发。动作正确，可以把他救活；一点错误，命就没有了。他一蹬腿就顺水流的方向而去。这次他碰到了那仍在挣扎的身体。他双手将他抓住，拉向岸边，然后猛地将他托出水面。全身湿透了的身体重量使他头晕目眩。但还没来得及喘气，他就弯身抓住这少年的双脚。他再站起来，倒栽葱地提起溺水者的身体。过了一小段时辰，却也像经历了永恒，可以看到水从那张开的已经僵硬的嘴中泻出，让人想到一条死鱼。这时，一声催心的尖叫，不异于出生婴儿来到人世的啼泣，引得在场的人热泪盈眶，异口同声叫好，鼓起掌来。

许多妇女匆匆跑来，看到不是自己孩子而宽慰。大家把救命者和被救者团团围住。无意中成为英雄的道生，穿着湿透的裤子和光着滴水的上身，颇感窘困。有人正把上衣为他拾回，这时，他看见兰英和小芳自人丛中来到他身边，正当小芳接手为憨儿脱下湿上衣并用大手帕为他擦干时，兰英把自己的手绢送给了道生。他乃腼腆地以之擦肩膀、后背和胸膛。淡淡微香扑鼻而来。这缕清香，谁能比他更熟悉？他曾拥有过那块闻过摩过多少次的手绢，那个在逃跑时落入水中使他惋惜不已的纪念品，现在他竟在光天化日之下，名正言顺地借用且享受了。众目昭彰，也不便过于延长，他把手绢交还给兰英，说了声"道谢"。换来的是兰英更激动的道谢，谢他救命之恩，众人亦皆点首附和。锣声、鼓声又隆隆敲响，大家这才记起决赛正在进行。

道生抽身出去，避到河岸后方，好让阳光尽快晒干裤子。和风里，他从背后看到两位妇女带着少男缓步走向高处，倩影可爱可掬。一阵肉体冲动穿过他的身体，这是个依然能够油然激动、依然能够拯救他人生命之身，虽然比起过去，它的活力已经消减。

## 18

端午节时道生偶然得知的事在下个月里得到了证实：二爷病得不轻。为什么某个人在某个准确的时间病倒了呢？在一般情况下，外因是容易看到的。更难于找出的则是内因，它们常是无意识，或者是不可告人的。二爷受到瘫痪的影响，这是明确无误的。心性平和的人很可能安之若素并且活得长久。但这个人习惯于对他力所能及的一切施展淫威，并以其无可争议的霸道为乐，长年累月以来，他受到一种狂怒的折磨。这种狂怒加重了他遭受的无能状态，使他不能享受简单的乐趣，如福春娘所能给予他的。他还没有愚蠢得感觉不到他那姨太太勉强而虚假的一面。可同时也知道他的权力对此已无能作出补救，他对她是那么依赖！这么说，倘若他能随遇而安，不过分要求，日子也可以这样持续下去，大致上风平浪静。这儿一点疼痛，那儿一点不适，没有什么真正致命的。这当然没有计算到意外事件：英娘的变化使他完全眼花缭乱，然后哑口无言。何以这忧郁憔悴、虔信佛教的女人重新变得如此丰润，如此诱人？什么原因导致这个肉体突然焕发了青春？就算没有原因——女人皆有那些最好不去解释的花招——这件事本身也是不可容忍的。确实，这差不多被他离弃的女人，居然在她的角落里能够幸福，而他身为主子，却江河日下越来越深陷困境。她优雅的姿态在那边花丛中,对于男人是一种永久的挑逗。那在他身上点燃了一种邪恶之火,将他慢慢消耗殆尽。这就是真实情况:嫉妒别人的幸福,能叫人变得苦恼不堪。尤其是当这所涉及的幸福本可以是属于你的。这英娘,尽管是"被离弃的",不仍是正房夫人么?从前,二爷只要竖眉、抬手就足以让她听从。不知顺了什么歪道,他竟落入此等羞辱。无能、笨拙、疑惑、自卑,结果弄得仅仅上床搞一次皆不可能。自从英娘逃脱他手以后,二爷反刍着他的狂怒。他盘算第二次尝试,却不知道如何行事以解除渴望。他愈想到她,他的欲念愈为激化,仿佛开天辟地以来,只有这一目标——哎呀,那头发,那肩膀,那手臂,那奶头,那屁股……才能满足他!他忘了,当初这同一人物的乏味曾令他厌倦,且不说反感了。这就是男人想象的威力。二爷受到如此深入"肝脾"的煎熬,不会不病倒的。

二爷日夜所受的折磨、煎熬,道生自然不是未曾料到。无须是算命的就知道这位暴戾的土霸王是受不了瘫痪的,他会一步一步地自消自灭。快速病倒是在预料之中么?只怕不是。至少道生始终不愿也不敢去设想这一种可能。

眼前的情况是,二爷在家中大施专横。成日脾气暴躁,鸡毛蒜皮的小事都惹他火冒三丈。他苛求绝对安静,屋里任何他认为扰人或无用之举均得停顿:孩子们不许叫喊也不许到园中嬉耍;福春娘和焦妈随时听候使唤,不许多去邻居家串门或去和货郎纠缠;英娘也得停止她的中午布施。更有甚者,老孙自从朱六走后是唯一听差,他必须守待紧急差使,特别是和看门人抬轿接送太医。

这一来,可难为了英娘。中午布施早已成为她生活中至为重要的一环。不能布施,对信徒来说,等于取消自己的吃食。另一欠缺是,没有老孙和看门人抬轿,她不能去庙里拜佛祈祷,"大户人家妇人"是不能自己在外走路的。这些背后,无法明说的,当然是不能每日见到道生了。岂只是每日,简直是长日,不知将延到何日了。到此为止,两位情人每日相见,以为得以长此以往,虽然每次均珍贵无比,终于不免进入一种可以信赖的习惯。面对新的情况,他们能觅得新的沟通方式、新的语言么?

老孙这位忠仆很能体会女主人的心愿。女主人和道生的私情,他当然一无所知。抬她去大庙,对他是加工,他却是乐意做的。这位英娘,在他眼里,是赵家的一片净土:她拜佛,她施善,大家都托福,包括他自己,这是他心照不宣的。有几个午后,他不睡午觉,和看门人合谋,把英娘和小芳偷偷抬到镇上大庙里,英娘随着小芳,烧了香,拜了佛,念了经,默坐少许后,就出庙向道生打个招呼,立即就被轿夫快步抬走了。这匆匆的昙花一现给道生带来的实在是大苦,大苦中却会有莫可言说的惊喜。闪光灼灼的一现,每次都是意外,每次又都是新发现。道生不难看出,兰英现在每次不仅服饰不同,头发梳法也不同了。发髻不在头后,而是往上盘高在头顶上,其上插着玲珑精致的花形发簪,为其面容平添了高雅甚至昂扬的表情。"没给压倒啊!"道生自语道:"她要说的话，全心全身都在那里说。"女人不能说话时表达的方式多端，应当学会去看、去了解。不只是看表面，要看到背后所有身姿所有包含的心思和隐情。只说头发梳法吧，不要只看已经梳成的样式，还值得想到她举臂在镜子前面梳理头发的优雅方式，她以手指巧妙地卷发盘结成髻。发式既成后，随着不同的时辰，不同的日光，不同的心境，又每次翻新闪亮，宛若初次呈现，这些都多么值得珍惜，浑是人间至宝！往更深处想，更不能忘记，真美且不止于身姿、巧于梳妆，真美是从内心深处溢出的欲念，它朝向美，涌向美，不能制止，没有间断，像潮升涌向月华，那样的美，岂是岁月流逝所能侵蚀？岂是外界摧残所能消损？

然而外界摧残确实摆在眼前，逼得道生不得不去思考，甚至想入非非地思考。二爷生病到底病到什么地步？那病会久久拖延下去吗？倘若久久延续，那禁令也将看不到尽头吗？倘若相反，发生什么意外，他和兰英会面将容易些吗？或许同样地相反，更困难些？兰英如果居孀，人言将更可畏呀！……他不愿多想下去。另一种思考爬上了他心头。我真爱兰英，这是不用说的。真爱就是不由得不爱，不管多大困苦、多大阻挡都爱，不会因为不得见面就不爱了。爱不只是喜欢，这是那个异国人对我说过的。我只要往心里揣测一下就知道这是真话。我自从第一眼见到兰英就知道不会忘掉她，就知道一辈子都要爱她，好像有那么个东西比自己都重要，好像那个东西不可能再有止境，连我不在时都会长此下去。这是怎么回事？人间怎么会有这样的事？当然首先是喜欢，后来慢慢看出，它又超过喜欢，它叫你好苦，却又比什么都有滋味，这是怎么回事？这难道就是灵魂么？我真想去问问那个异国人，他和他的同伴已经走了么？哎呀，是我不该，没有再去看他们，问问身体情况。

道生蓦地站起来，径直往南门客栈走去。到了那里，听说两位西洋来人已经离去。他们受知县大爷邀请，住在衙门旁的迎客宅第里。一听到衙门名字，道生皱了皱眉，迟疑不前了。"或许有朝一日，和他们重逢，或许从此见不到了，听天由命吧，人世的事就是这样。"

六月逝去了，继之而来的七月更加炎热。漫长的白昼日复一日却不见兰英出现。一天傍晚，道生正在收拾东西，小芳突然来了。她告知她的女主人身体很好，但苦于不再能外出。说话时她向四周投了一瞥，很明显，她的话还没有说出来。待到无人在场时，她迅速地递给他一个薄薄的包。他同样快地接下后即将它放进他的大衣袋。回到庵里，在他房中，他确定通道中没有任何声响后才将它打开。在道观中，门皆不上门闩，因为没有人被认为是有私生活的。再说，这也是第一次道生手中握有秘密物件，这物件亲切的外观一看就使他激动。这用纸包着的包裹中，有一个长方形的粉红色袋子，几乎不比一只手大，用精致的纽子扣着。从口袋中，他拿出一个折叠为二、全部刺绣的针线活。刺绣表现的是一幅淡绿色的水景，这儿那儿都点缀有水草。前景亭亭玉立着一朵花，一朵兰花；更远处，靠近对面的河岸，是一朵白莲花。

这两朵花之间，仿佛为了增添全景的欢快，一尾红色的鱼正无忧无虑地游着，在独出心裁暗示的水波中。在欣赏每个形象的刺绣艺术后，道生严肃而聚精会神地沉思。毫无疑问，兰英在刺绣品上发出了她的心声。但是理解一位女人的语言如此简单吗？去年秋天中秋节时，他们有多少话要倾诉。大概，正由于这特殊的时机，他们能交谈的几乎没有什么。现在，兰英利用她的禁闭，一针又一针，将她的思想镶入这珍贵的绣品每根细小的纤维中，她邀我专心地阅读它。这些如此清新的形象，总是那么纯朴、含蓄，细看一下却似乎很大胆。就是说，既有直率表露，又有巧妙迂回。道生不免迷惑了。面前是一幅画，一首诗，它的深意是什么呢？

搜索枯肠寻求了解时，他想到了秀才。怎能不想到这一生力求科举上榜却永世名落孙山的好友呢？他可是真诗人呀！多少次，他看到道生口诵一些算命的诗诀，禁不住教给他一些真诗，特别是要他学会领悟诗句的弦外之音，不然，哪会是诗呢？既在迷惑中，道生多想立即去访好友，向他求教。不行啊，这方刺绣岂能示人？他只得反而求诸己，往自己下怀中去搜索，设法把博学之人的一语一言重新回味。博学之人自认心力枉费，要是他知道曾经协助情人心灵沟通，将会自慰未曾虚度此生呢。

是的，道生未忘好友的一语一言。他重新听见他向他谆谆解说。

你要表达思乡之情么？只是直说："我好思念故乡"或是"何时得以回乡"，那就索然寡味了。诗人总会借景述情。有人自故乡来，他问：

> "来日绮窗前，
> 寒梅著花未？"

这就生动而且意味深长了。梅花既是活的，它会在到处开花，诗人就会在到处思念故乡，以至把到处视为故乡。梅花既是活的，它更会每年开花，诗人就永不会忘乡，且永抱回乡之望。

你要表达念友之情么？也是一样的。只是直说："昨夜我想到你"，那是不够的。诗人则说：

> "空山松子落，
> 幽人应未眠。"

诗人在静夜里回想起旧日与故友相处的日子，更想起当前此时，远离的两人共听松子落地，那落地之声不正是他们双心一致在跳动么？

回味着秀才当初的这些话，道生忽然忆及秀才最喜爱向他解说的那首以情人分别为题的绝句。男人乘舟离去，妇人留在岸上。诗的后两句是：

> "湖上一回首，
> 青山卷白云。"

这两句读来简单，一经他解说就意味无穷了。乍看起来，青山自然是比喻留在岸边的妇人，而白云比喻远去的男人。细读一下，又会觉出另一种微妙的含义：青山属阳，可能是指男人，他好像自远处向女人唤了一声："我走了，我全身如青山留在你身边啊！"；

白云属阴，可能是指女人，她好像在喃喃低语："我留此，我全心如白云伴你同行啊！"如果再挖掘一下，又会挖出更深的至理。青山与白云的关系不是缠绵无尽么？云生自山谷之心，升向高空，降落为雨，使山不断保持青葱，就这样，山孕育云，云孕育山，它们相拥相抱，难分难舍，此中深情，岂是普通言词所能说尽的。

　　落魄的秀才么？他是人间之英哪！道生真想再去请教他。既不可能，他只得独自面对那方刺绣。

　　好精致的刺绣，那是兰英一针一线绣成的，把她全部心思都缝入其中了。到底要说的是什么呢？是普通言词说不出又说不尽的吗？首先一眼就看到的是那朵水边的兰花，怎能忘记，兰花就是你的名字，兰英。无怪水中的游鱼转头向着它。花与鱼之间是池水，鱼游过去应是没有问题。可是花周围长了多少水草，鱼真能亲近花么？不解之缘而又难解之结啊！水的另一端长着一朵莲花，清纯高雅，倒影映在水中，可望而不可即的形态。那是什么意思？它指的是别人还是你自己？该是你自己吧，那么，和兰花又有何不同？兰花表征女人的丽质，莲花呢？莲花不是佛心的表征么？是了，兰英，你虔信佛以来，莲花成为你心灵之象了，污泥不染心，那是千真万确的。她立在水的彼端做什么呢？是否向鱼召唤，唤它转首，告示他"回头是岸"么？"回头是岸"这里又具有什么深意？难道是说不要只依恋肉身，还要珍爱灵魂么？或许，最终说来，你自觉身上有两朵花，缺一不可。或许，最终说来，你认为莲花是最高境界。就这样，独自在窄屋里，道生揣测着，冥想着，直到天黑下来，直到身心化入暗里。

次日，道生在针线铺买了条缎带，把它缝在口袋上端，做成一个环。把这环套在脖子上，口袋就平贴在胸口，活像什么护身符。夜间心血来潮时，他每每自袋中取出刺绣，轻抚柔软的绸料和凸起的图案。这样做时，他怎能不念起在放逐时曾经拥有的那方手帕，后来在逃亡时丢失了。他几曾闻它，摸它，自孤独或堕落的深渊底，梦忆兰英的倩影。今天，手执刺绣，感觉同样强烈，他自问："隔了几十年了，和当年是同一回事么？比起当年，或许少了些冲动，少了些贪欲，多了些耐心、信心，多了些柔情、同情。是啊，同情。如果只把女人当作偷思窃取、一时发泄的对象，那就是糟蹋，那就是把她降为可怜的东西。如果看出她的美质是人间的珍宝，那就应当设法对之无愧，那就值得把她和天地间的珍宝连接起来，地上的花，天上的星，那背后所蕴藏的确实是思之无尽、取之不竭的境界啊！"再一次，道生感叹："难解的谜！本来以为走向一个女人是再简单不过的事，何曾料到其中奥妙，大苦中又是至乐，煎熬中又是酣醉。"

七夕夜里，三更时分，他坐在床上，仰望牛郎与织女投身银河，进行他们感天动地的相会。他知道这是万众齐心的一刻，众望所归的一刻。他惭愧地想到，这自人间想望托出的传说与胜景，他去年才开始真心真意地去看。今年他和兰英给分开了，观望银河时又是另一番滋味。奇怪的是，他的感受不完全是惆怅、失落。一种莫名的信心填充了他：他自认是鱼，真正的鱼，任何水，任何夜都不再能阻挡他游向他要去之处。再一个月就是中秋了。再一个月和情人月下相逢！

## 19

道生长期操算命之业，给人预言经常是应验的。他搞算命时把相面、生辰、星相、八卦一并用上，也不排除经验所得，甚至直觉。然而面对自身，他却毫无把握。他已进入激情领域，那里的一切都是不可测的，因为牵涉到深藏的欲念，崇高的信仰，以及女性所包含的全部奥秘。缺乏保持距离的客观目光，要看清情况，他深感无能为力。自从与兰英重逢以来，发生的事不都是他未曾预见？以后要发生的也不会例外。事实上，他力求避免多作人为的探索，害怕不意弄坏了上天的恩赐。他终于把道家的无为而为作为准则。兰英既以心相许，那是无上珍宝。其余的该来就来，不得强求。

然而发生了不能不思考的问题。赵二爷在正规医学无法缓解他病痛的情况下，决定召"江湖骗子"的他前来为自己试治。困惑攫住了道生，到底应当接受吗？倘若接受，又该如何应付？本能地他知道不能拒绝。和这位决定了他命运的"敌人"再次打照面是他这辈子不能回避的事。完全没有报复之意：他们两人各自走了该走的路，早已不在同一层次。只是，命运既然作了安排，他怎能拒绝去瞧看一下此人到底变成了什么样。病自然是得为他看的，但也不得不作一点提防。受到生活与爱情的双重教育，他确实赢得了自我控制。见到那人时，他别忘记把过去那种反抗、冲动压下来。

在这二爷身上，怎能认出当年那盛气凌人不可一世的赵家少爷？在开向花园的大房间里，这额头起皱、嘴巴歪斜、被鸦片和汤药熏得乌黑的男人没有给道生什么突出的印象。也许从下陷的太阳穴和鼓出的眼球中可以略略看出一生恶行累累、欲火压抑所留下的痕迹。

"我把你请来，算命先生，因为我知道你也通晓医术。我家英娘曾经得力于你，你把她治好了。我这边，太医们试了种种方子，都不见效。我咳嗽吐血，肚肠绞痛，小便也尿不出……好吃苦哟！好倒霉。你能试点什么，把我解脱解脱……"

道生没有回答。他拨开病人眼皮，观察满布血丝的白眼球。那人应他要求，干咳了几声，伸出他的舌头，上边敷着一层绿苔，气味难闻。道生吃惊三十年后如此靠近这张面孔，当时何等傲慢、讥嘲，此刻竟听从他支配。"不，我不会做什么的，"他立即对自己说："这人毁了我一生，毁了兰英一生，正如他毁了多少其他人。可是兰英和我已经找到幸福，我们所求是别的东西，是这人想都不能想象的。绝对没有必要再跟他去计较。我自问今天为何而来？是的，为他看病，不免也有一点好奇吧？想知道在这独夫身上是否还能找到一丝后悔、仁慈。"

现在他为病人探脉。很快他得知这人已是病入膏肓。用一剂强药，或许可以延迟一段时日。

他正思考如何调剂药方，那边嘶哑的怨声又起：

"好吃苦哟！好倒霉哟！我可没干什么坏事，老天爷竟这样对待我，给我这样的苦命，真不幸哟！"

这不断重复的抱怨唤醒了命运之声，这是两个敌对者无法逃脱的命运。那决定了"不做什么"的人忍不住冒出一句话来：

"多倒霉，多吃苦，这句话看来是对的，又不完全对。"

"怎么说？一句话是对的又不完全对？"

"你在吃苦，这是事实。可是比起多少他人所忍受的苦，不公正的苦，就不能说你的苦是大得不得了的。比起多少他人的不幸，你可自认为幸运了。"

"什么意思？他人的不幸，他人所忍受的不公正的苦是什么？"

"不公正的苦，到处可见，只要数一数你给的，就不可胜数。"

"哪里来这样荒唐的话！你这是什么意思？"

"你扪心自问一下，就不应忘记一生所做坏事……"

"越来越荒唐了，你，江湖骗子，狂妄无礼！"

"狂妄无礼，小的岂敢。你若愿谦卑一点，后悔一点，你得承认你的命比起多少他人不算太坏。你对他人所作所为难以枚举啊。人所共知的是：无情压榨农民，逼得他们卖儿卖女；欺压霸占妇女，不是强纳为妾，就是再卖出去；到处酗酒打人，作威作福，竟致利用特权，把无辜之人投入牢房，然后流放……"

这最后一点本不该列入罪名中说中,可是,冲动之下,不禁脱口而出了。

"把无辜之人投入牢房,然后流放?哪曾有过这样的事!?"

在如此"无根无据"的指控前,二爷对自己无罪的信心加强了。怎能相信这个狂人的怪话。他准备重占上风,以尖叫把对方压下去。这时,他眼前一亮,出现一幅景象:一辆大马车满载捆绑着的囚犯,行将出发去赴苦役。他打量着道生,在他脸上寻找模糊的标记,那左面颊上一道旧刀痕。

"你是……?"

道生没有理会,只接着说道:

"天数未尽,人将继续活下去。天数已尽,则所有人为皆无济于事。你留待天数,无人会来打断它,这是不幸中之大幸。所以我说,比起多少他人的不幸,你可自称是有幸的,对么?"

他说完话后,不慌不忙站了起来,向门口走去。然后他安然地离开赵家宅第。

"坏蛋!逃犯!不法之徒,你走不远的。我要让人把你抓起来。这一次,你等着瞧!"

这个对别人的不幸无关痛痒的人,当发生在别人身上的事涉及自己时,则表现出敏锐惊人的想象力。在早被他遗忘的那人离去之后,他稍加推断就猜出这人与他妻子之间可能发生的一切。种种形象哗然涌现在他眼前,犹如一卷横轴铺开,展示暴雨降临,雷声霹雳。痉挛使他上气不接下气,全身仅存的肌肉哆嗦不止。

"不好了哟！冤灾哟！横祸哟！料不到的奇耻大辱哟！肮脏名声从此玷污了赵家门第，十八代人也洗不清啦！我，二爷，我以为娶来个良家姑娘，她在光天化日之下暴露出真相：一个荡妇！更糟糕的是，同个假道士勾搭！

大概那天晚上，你那完蛋了的卢家大厅中，为你爷爷做寿时，你已经是个贱货了。不是已经，嗯，跟这流氓乐师眉来眼去？你信这小子的小脸蛋，他可是个大骗子，懂得怎样勾引女人！

那一套原封保存。三十年后，他再找到了你。每次到庙里去，你都在他该死的摊子前停留。众人面前，你们不能多说。可以眉目传情，会心微笑嘛。想想看，眼神、微笑表面上没什么，足够让人销魂！话语流连在嘴唇间，柔情从眼睛里流露出来。你们的交流是心照不宣，这边唱，那边答，一唱一答，无声胜有声，断肠之声呀！这样的福，我哪曾享受过？我呀，你们知道，对待女人，高兴就去找，凭我一股冲劲，不讲什么客套。她们在我面前，从来不搞这一套雅致，这一套微妙，现在想起来，这些东西倒真有滋味！

岂止限于微笑和眼神。假道士每天都到后花园去领饭菜。他伸过碗来，你不是可以乘机摸一下他的手吗？摸一下？我在说什么？我忘了你在生病时他来给你医治过。多少时间？至少一个多月，要不是两个月的话。他每次来都把你的白手放在他妈的那粗手中。啊，手握着手，掌心贴着掌心！细细地抚摸，细细地玩味，直到醉意贯流全身，直到头顶，直到脚底，直到你不堪其乐……

叫人作呕！你居然做得出来，下流货。这样的福，我哪曾享受过？我嘛，对于女人，我从来都不转弯抹角，她们可不跟我来这玩意！

你们做得出这样的卑鄙事，怎能肯定那痞子不得寸进尺？事情既然如此，什么都能发生。有小芳做同谋，这坏蛋爬上床都无所顾忌的！春宫图，我看过，那事比在狗身上还来得容易。

简直是奇耻大辱！简直是冤灾横祸！我算是完了。从这儿我就清清楚楚看见两个赤裸裸地抱在一起干他们的脏事。想到这，我的胸都炸裂了！

你炸裂了，你消失了，他们呢？他们还会活下去。我不在世时，他们就无须躲躲藏藏的，更无须匆匆忙忙的了。他们将整天、整月、整年地尽情欢乐。无休无止地卿卿我我，无止无休地淫声浪语。哎唷！哎唷！我透不过气来……"

## 20

"来人呀，福春，快点！"

"二爷急叫人，什么不对啦？那个道士郎中走啦？"

"福春，你过来，更近点，听我说，大祸临门了，你必须知情呀。生死攸关的事！"

"生死攸关的事？"

"我命在旦夕，没料到碰上这样的事。你说什么道士郎中，你知道他是什么人？是个三十年前敢和我打架的坏蛋！我叫人把他抓起来送到衙门，他被判处流放，送到老远去服苦役。后来，我就忘了这个无名小卒，想都没再去想。咳，没料到三十年后他竟回来了。不只是回来，还好大的胆子走进我大门，比狐狸进了鸡窝还要放肆！呸，想到他刚才就在这里，比你现在还靠得更近，还拿手摆弄过我，简直浑身发麻，简直受不了啦！"

"他没做什么吧？"

"幸亏我把他识破了，不然他会毒死我。"

"真幸亏。那放心了。"

"什么那放心了。更糟的还在后面！这是个非法之徒，绝对不能让他逍遥法网之外。非得把他再抓起来，投进牢房！"

"怎么做呢？"

"快去通知大爷，他和知县老爷有来往，只要一句话。"

"好，我这就去告诉大爷，还有别的吩咐？"

"等等……还有更不得了的事，更丢人的事。"

"丢人的事？什么呢？"

"叫人作呕，说都说不出口。非得说出来呀！"

"什么呢？"

"这脏货和英娘之间有……"

"什么呢？"

福春这一连串的"什么呢？"令二爷恼火起来。她就这么蠢么？换个机灵的人不老早猜到了么？没法子，非得点点滴滴从头说起。二爷硬着头皮，气喘吁吁地：

"这个江湖骗子最初在一个江湖戏团拉胡琴。那年卢家老太爷庆祝七十大寿，家中请来了这个鬼戏班子。那时英娘还不满十八。屏风后面，她和这个卑鄙的家伙眉来眼去。"

"怎么相信呢？英娘是个良家姑娘嘛。"

"我也没有确证，所以后来没有追究下去。但那晚上，这个坏蛋不住地往屏风那边瞟，那是千真万确的。这也就是为什么戏散之后，我们打架，他凶猛伤人……"

"既无确证，就把事放下算了。"

"要知道，现在我有了他偷情的证据。"

话语好肯定，福春听了不寒而栗，她么，她自己有隐讳，良心并不安宁。

"这江湖骗子不是为英娘治过病吗？"

"那是真的，是我们请他来的。"

"请他来，请他来，是那个大和尚引他上门的。其实，大和尚也非可信之人。"

"治病，不能就说……"

"你真是天真！两人单独在一起，靠得那么近，他还捏住她的手，说是给她号脉，岂不就是干柴前燃火？就这样搞了两个多月，你想想看。"

心有所虚的福春，脸红到耳根，幸而气得发昏的二爷没有看她。她只咕哝：

"不容易相信呢。"

"你呀,就是个不相信。脾气犟得像头骡子,叫人恼火。你要听我说……"

"我信,我信,只要有证据。"

"我身子瘫痪,眼睛可没瞎。成天坐着不动,我学会了观察,什么都逃不过我眼,你知道我看见了什么?"

"什么?"福春禁不住又战栗了一下。

"我看出英娘大病治愈之后变了样。"

"的确。"

"她变年轻了,重新又有风姿。"

"倒是不假。"

"那你想想看,那么个多愁多病的女人,老了只会变丑。她现在竟风姿招展,娇柔可爱起来,令人……"

"二爷什么意思?"

"那意思就是那意思……话说回来,我不是轻易受骗之人。好一阵子,我叫人把我抬往镇上,以便观察英娘外出做些什么。"

"原来是为了那……"

"别打岔。我让轿子停在大庙对面。帘子背后,英娘出庙后的举动,我看得一清二楚。她和那坏货玩的把戏是眉来眼去、低声通话。"

"为什么那时二爷什么都没对我说?"

"当时哪知底细呢?是现在才明白呀!那时,我不知这江湖骗子自何处钻出来。只当他是个郎中,是个算命的。英娘路过和他打招呼,亦属人理之事。现在既知他的来历,事情就真相大白了。庙里出来以后,她总是绕个弯去那鬼摊子前,一次都不少。甭提他们交换的眼神,含情脉脉。现在才懂得了为什么英娘日复一日弄她那套施舍。救济穷人,呸,是讨自己欢心!我还称她英娘,真是个贱女人,一块脏破布。就算卖给妓院,也不值一文。这是赵家洗不清的奇耻大辱,我祖先在坟里也睡不安宁!非惩罚她不可!"

"二爷要怎么办?"

"非惩罚她不可,丝毫不能宽容,她非得死!"

"死?"

"我活不长啦,旦夕之间啦。不把她除掉,后果不堪设想。相信我,她那个男人跑遍江湖,什么事都做得出来,他们……"

"二爷打什么主意?"

二爷的主意不可能再是合情合理的。浑身怨气怒气早已捣乱肝胆,冲昏头脑。福春心里这样想,哪敢说出来。

"在她茶壶里放砒霜,我床边盒子里就有。她的罪哪能赎尽,她非得死!"

"这我做不出来。"

"我命令你做!"

"不行啊,把绳子套在我颈上也做不出来!"

二爷明白再坚持也无济于事,更何况他喉咙也喊得嘶哑了。

当前,更紧迫的是抓住道生,不能放过。

"甭再提这事了,"他说,"赶快去通知大爷。这假道士是个逃犯,逍遥法外,危害公众,还会向我们报仇的。一定得把他抓住,严惩,不然我死不瞑目。快去!"

他已精疲力竭,向后倒在枕头上。

死不瞑目。值得再问一下,二爷真正怕死么?这个问题他实在乏力去思考。几个月来肉体遭受折磨,也许他下意识中企求安息。设若他回顾一生,必定也有不少其他缘故滋生这样的企求:短短的光辉岁月耗费在败坏行为中,接着是长年累月积蓄的郁愤,不断受挫的欲念……但这些都不算什么,比起他当前所面对的。竟有比死更糟的事:死最多只是闭上眼不醒罢了,那个挖心绞肠的念头却是永无止境啊!想到那一对罪孽情人在他死后高枕无忧,尽情取乐……

"焦妈,你去找英娘来,我有话对她说。"

在焦妈离去与英娘前来之间,流逝了一段时间。时间不长,对那等候的人,则如漫漫永世。永世之中,命运之神得以作出抉择而无悔。

门上轻轻一敲,然后是英娘委婉的声音:"是我。"女性身影出现在房间中央:

"二爷叫我来,不知有什么吩咐。二爷身体如何?"

一阵长久的咳嗽后,这男人清了清嗓子,终于发出沙哑的声音:

"不好。风烛残年,风吹即灭。"

"二爷不要太烦躁。要善自保重。"

"走过来,我要和你说话。"

英娘保持着警惕,害怕这男人又有什么新的怪招,然而看到病人极端虚弱便放了心。

二爷又说:

"别怕。再靠近些。我不再能大声说话,但我有很重要的事对你说。这将是你听到我说的最后的话。"

被这语调诚恳的话所感动,她朝病人弯下身来。

"我就要走了,我要带你和我一道走。"

说到,做到。二爷发抖的双手一下变僵硬了,他的心也一样。他把手中握着的布腰带快速地围到英娘的颈子上。从前的暴君又获得了他的力量,他收紧,再收紧,同时还有力气吐出:"跟你的臭道士去吧!"他感到女人在挣扎,接着一声"啊",无生气地倒在地上。

他自己也瞳孔鼓出往后仰倒。短促的痉挛与抽搐后,死神在他身上扎入了它的匕首。


福春在大爷家停留了好一阵,她同大爷商量如何按照二爷的意愿办事。在当前没有确凿证据的情况下,他们看不出如何能惩处英娘。假如事实确实无可辩驳,惩罚自然水到渠成。相反,对付道生的行动原则决定了,他这流放出去居然敢回来的犯人。大爷允诺一有机会即去看望县台,但也明确指出赵家已不似当年能够随意作威作福。回来的路上，这姨太拖拉着步子，不准备太快去面对二爷，虽然她知道那位主子已不耐烦之极。道生与兰英的故事，其大胆程度无疑使她惊讶，使她作出了思考。她自己的故事，倘若被发现了，不是也会逼她屈辱而死？只想到此，她已不寒而栗。

走进二爷的卧室，她的恐惧被惊愕所取代。二爷木然不动躺在床上，同样，英娘也静卧在床脚下。在看到腰带后，她立即明白过来。下意识里，她对这样的结局有所准备，她本能地对自己说："这是命里注定，结果应该是这样！"她收起腰带，合上二爷的嘴和眼睛，然后是英娘的嘴和眼睛，且没有忘记赶忙整理好死者的衣领。她叫来了焦妈，直截了当要她帮着把英娘抬到床上，放置在二爷一旁。在目瞪口呆的焦妈面前，她不肯多作解释，仿佛是认定原配妻子在看到丈夫去世时心痛而死。

这同样的说法也告知唤来的小芳。最终出于体面的考虑，福春决定把英娘的尸体放回到她自己房中。于是三位女人六只手臂把死者一直抬到她床上。

天倾塌在小芳的头上，她现在独自为她的女主人守灵。

## 21

"死路导向死，生路导向生"，这是古代圣贤早已了解而且宣称过的。死者留给生者的——倘若死者曾是真心活过的人，而非那些散播死亡之人——诚然是难以慰藉的哀伤,不更是必须活下去的任务,俾以完成死者未尽之分?生者总得以百般方式把死者引上生路,"生生不息"之奥义正是在此。

小芳当然不会如此深思,然而本能自深渊之底将她激发起来:"不行,英娘一生怎能就这样打断了?"她嚷道:"她天数未尽哪,定得活下去!"喊出这样的话来,正是这位顽健女仆试将主人引向生路之道。哪顾得福春娘强加的严守秘密之示,她奔出门外去找老孙,促老孙去找道生。

道生不在摊子前,也不在道庵里,不知所措的老孙奔向茶馆,又落了空。店主说或许在肉铺那边。肉铺前面,屠夫粗声粗气回答:"他几时来过我这里?我们都是在茶馆见面呀!"老孙绝望了。幸而屠夫加了一句,"到秀才家去看看。"这一次说中了,道生果然在秀才的陋室内,品茶谈心。老孙把他拉到一边,上气不接下气地抢说了几句。老孙其实并不清楚事情底细,他只说不好了,英娘死在二爷房中,二爷也断气了,现在英娘被抬回房,躺在自己床上。道生立即猜出情由,只轻声吐出一句:"咳,怕太晚了!"就向外奔去。他跑,尽快跑,老孙跟在后面跑,心里想:"他要做什么?他能做什么?"道生,他一边跑,一边也不能不悔恨交加:"是我害了她,是我害了她,是我的错!"他不能不反复自责:"没法赎罪,没法赎罪,就算自己死去也没法赎罪!"他躲避到秀才家,因为他知道二爷一时不会放过他。但他未料到和二爷抵触会立即招致兰英之死,他和兰英的事,除了小芳之外,是无人知晓的。

随着老孙，道生径直步入兰英卧室，只见小芳坐在床边低泣。没有多言，他厉声请两位忠仆离房，并嘱他们在外关好房门，不让任何人入内。他走向床去，拉开纱帐。身着浅蓝衣裙的兰英平躺在床上，双手合拢胸前。双眼紧闭，面孔却显示出令人惊讶的宁静，宛若一尊无言的玉石雕像。刹那间，他全身震撼而颤抖不止。极力深吸后，终于镇定下来。他分开兰英双手，把双臂移置身旁，他觉察到双臂并未僵硬，乃立即俯身试闻鼻息。他再立起身来，向静卧者整个身躯投下新的目光，同时收敛自身全部精力，准备迎击此生最大考验。他知道，若不能胜，他自己生命亦将结束。前额紧绷欲裂，眼睛放射异光，他低声喊道："就只我们两个了，兰英。我既在此，你不能死！"

他跪在地上，解开兰英束身腰带，揭开衣裙，女人的洁白身体呈现在他眼前。值此神圣的生死时刻，作为男人，他的反应会只是欲念么？当然不，真正触动他的是对天地间竟有这般美质的感叹与珍惜。按照尊师给过他的教示，他并不立即去吐气吸气，而首先进行按摩，以聚齐活血，醒心醒肺。他就这样绝无间断地按摩着，为了让手掌保持节奏、活力，也为了得天之助吧，他开始口中念念有词，那是道家诵经时的颂辞，涵意幽深，铿锵有声。这位孤独的救生者，不可制止地进入心手如一的超我之境。热血沸腾，肌肉亢奋，他深感乾坤生生不息之波涛澎湃，耳闻原生激情浩然轰轰而至。

时机成熟了，分秒不能多待。他停止念词，作内功纳气之术。纳入深处，纳入丹田。这时，他是唯一感应到一条人命或许在返回人间的人。倘若老天爷也在，那么就是两人了。春枝尖端，果然出了萌芽么？抑或只是似真似幻的青烟一道？道生的第三只慧眼诚心以为在失却血色的嘴唇上看到稍纵即逝的微动。他拨开兰英嘴唇，把自己嘴唇贴上去，毅然进行呼吸，深送元气入女人胸肺。进行方式同于按摩，尽力均匀有序。这举动，他在生活中曾经多次完成过。他救活过溺死或闷死的人，还有因食物塞喉而断气的老者。这一次不同了，他面临此生最高搏斗。干预较晚不说，要救的人是自己珍爱！他自觉精力逐渐消耗殆尽了，依然全神以赴，毫不放松，把生命在此孤注一掷的他，并不想多活下去。

　　他嘴唇下的嘴唇，出现一次轻轻的颤动，一次真正的颤动。迷途旷野的飞雁是否已经返来？再多几次颤动，春日即将来临。地泉将自层层冻土涌出，微风将吹拂整片花甸。兰英睁开眼睛，看见了道生，面颊露出淡淡的微笑。然而，双眼立即又再合上，面孔也随之关闭。惊恐的男人俯首倾听，其惊恐只持续一时。生之气息，虽然尚受制约，继续向四周展开。更不容置疑的是隐隐起伏的胸脯。道生伸手把浅蓝衣裙合上，决不再干预，让"无为"担当其事。这时，他才松弛下来，热泪滚滚，蜷伏在床脚，全身断断续续抽搐而不能自止。

　　他终于立起身来，站着，观看兰英的卧眠情景。她安详，呼吸愈趋平稳。一片来自他方的寂静把他们包容，何等庄严的时刻！

道生耳边响起了大和尚的话，当他讲述如何在月夜里把兰英从强盗手中领回："天地之间，一个人又返回人世。"说得好！可不是么，自天与地之彼端，兰英渡涉惊涛，又登临此岸来了。突然，道生感激填膺，因遍洒全屋的神圣光辉而震撼。这间屋子，兰英的住所，他们激情相爱之处，只有这里才能产生这样的奇迹。此时此地，只怕是最后一次了。走出这间屋，以后往何处去？他不愿多想，只愿目前场景无限延长。是的，来到人间岂是平凡之事；返回人间，更是罕有可贵！人间多难，却又如许美妙，这间屋子不正是暂驻此世，然而永远不得忘怀之境。兰英在这里，我也在这里，我们无言同在。与我们默然同在的是家具与屏风。是床头那边小圆桌上未完成的刺绣，是靠窗桌上余香犹燃的青铜炉。窗外阵阵袭来紫藤花香，小鸟啁啾，间或振翅向天空飞去。慷慨的白昼光影相参浸泳一切，这一切都多么自然又多么难解，多么"此中有真义"啊！既有真义就从此化入神韵，萦绕不绝，悠悠无尽，天长地久，亦不为多。看到此，想到此，道生心情激荡，肝胆俱摧，他伸手去久久抚摩安睡女人的手和额头、面颊。

然后拨脱出来，走向门口。他打开房门，请小芳与老孙进去。看到道生只作手势，表示不要出声，两位仆人明白英娘已经得救。他们面孔上，掠过一阵疑惑，继之以面对神奇事迹时的大恐大惧。他们轻步走到床边，看到兰英胸脯微微起伏，呼吸安详均匀，立刻跪倒在地。小芳连声口念阿弥陀佛；老孙，他转向道生磕头，像是拜谢菩萨，或是太上老君。

兰英被救活后,一直卧床,稍愈后也闭门不出。外面,二爷的葬礼持续了多日,接着是守孝期。大爷并未去衙门告发道生,他深知所有可能招致的麻烦。那江湖医生救活了英娘,免除赵家遭受犯罪指控,足够令人为之庆幸了。至于把他放逐的那段事,县里不可能还存档案;更何况,大爷深知他那兄弟,当时的判决公正与否大有可疑。道生那边,过了一段时日,看到没有动静,又再小心翼翼地出现在大庙旁边。

他和兰英只能依靠小芳传递消息。每次间隔甚长,因为守孝以及他人监视,处处都得提防。第一次女仆来是为了英娘又感不适,需要吃点镇定剂。后来几次,也不完全让焦候中的男人放心,他能想象恢复期中的病人该处于如何脆弱的状态。一个多月后小芳的面孔才略显开朗。她所传达的话语持重深长,忠实地反映了英娘的意念,另一些较为不明确的话叫人感到病人还需要多多休息,多多思考。

九月末,小芳前来时,她直接上了大庙台阶,在庙里停留了不少时辰,出来后她告诉道生,英娘请大和尚向观音谷的尼姑庵说情,望庵里接待她和小芳两人。听到这个决定,道生立感宽慰。这实在是当前最好的解决办法:对兰英脱离赵家,他看不到更无可争议的方式了。至于她以后计划如何?是否有个计划?他均不得而知。他不免又在苦恼中等待信使的下次来访。这期间,大和尚安排好了两位妇女在庵里小住的问题。他的喜悦形于言表。在集体念经时,他也不讳地高声宣扬他对佛祖的感恩。

一天，小芳不期而然地出现在道生摊前。她说话时语调冲动，似乎有许多话要说，却很简短："道生，你听我说。英娘要我告诉你，不久她就要去庵里过活了。住多少时候呢？她现在不知道。要说以后怎么办，她一时还看不明白哩。只请你一定不要催促她。她需要静下来慢慢养，慢慢想。到了时候，她会叫人带信给你的。她问你能不能过些时候回到山上去等她。若你上山，别忘记把憨儿带去。"

道生的全部回答只能是点点头，表示不管多久他都耐心等待。

英娘去庵里的决定立即得到赵家的同意。大爷和福春娘正愁着不知怎么办。把憨儿暂置庙中做小和尚，他们亦无异议，那既是他所愿；将来他何去何从，由他自择。这个败坏了的家庭但求解脱，不再讲任何情义了。恰好相反，对那对一往情深的男人和女人，这变动是三年来多少震撼心胸事件的暂时了结啊！

出发的日子，乘着老孙和几个门房所抬的两乘轿子，兰英和小芳来到大庙前，有憨儿跟在后面，他们一道上台阶进庙烧香并向大和尚道谢。出庙门后，兰英一步一步下台阶走向摊桌前。这时，周围有人来往，可是不太近，两人独自在一处了。道生任凭兰英的身影把他淹没。她呢，既克制又无拘束，既真实又遥远，就站在那里，秋风中的杨树瑟瑟颤动，苍白得催他泪下。在公众场地说话总是困难，但向给她治病的方士告别是合乎情理的事。在这独一时刻，英娘开口了：

"我这就去观音谷的庵里过一段日子了。这段日子里，我不见人的。"

"我懂的。过一些时，我也回到山上去，我在那里等待。"

"是啊，等待。中秋节我们发过誓，这一生，以至来生，我们都要重逢。什么时候呢？我还不知道，得耐心等待。当前，什么皆不可能，到时上天会作出安排。"

道生感到一阵心酸，低声应道：

"是。"

"耐心等待。到时我会捎信给你。那之前，什么也不要做。"

"是。千万保养你自己。"

兰英眼圈红了。她沉默一会儿，克服了感情，说道：

"道生，我这就走了。日出，日落，月缺，月圆，我们一刻也不相忘啊！时时刻刻都在一起啊！"

道生想说点什么，声音给哽住了。他只点点头，更何况，这时有人走近来。透过眼帘的薄雾，他看见女人转过身去离开了，背脊微微弯着，走到轿子前，她不得不依靠小芳的手臂。轿前，她折回头来，向固守原地的男人这边瞧了一眼，然后由小芳扶着，消失在帘后。轿子也很快在人群中消失了，轿夫们的行动总是那么敏捷。

道生坐在桌前，沉入前所未有的哀愁中。哀愁与绝望，他是比任何人都饱尝过的。无助孤儿跟随戏团东奔西走，无名放逐犯在鞭打凌辱下行苦役，逃脱之后饥寒交加想尽办法活下去……那时，无论境遇多苦，他总能自枯竭体内掏出一线活力去应付。目前，威胁他打倒他的不是外来的压迫，而是忧思无尽的那颗肉做的心！三年以来所体会到的，骤然云聚朵朵，在眼帘之外飘过，很快就会消散了。他曾认为持久之福，每日在固定时刻看见心爱之人，已经不能重复。天地之间，除了孤寂再无他物。明天，他将看不到兰英，后天也看不到。继之而来漫长无尽的日子也不得看到。她说了，一定会再相见。什么时候呢？这一辈子？在来世中？道生久久留在原地，为悲痛所凝固。他的心开始泣血，两行泪珠沿着面孔皱纹流下。他无心去拭，对过路人的吃惊目光也无动于衷。幸好没人想到前来找他算八字。

必须耐心，必须等候。活命的勇气却一股脑被抽空了。他尚有力气立身起来吗？尚有力气去做事吗？尚有力气去看人吗？设若把伤心事诉说给一位熟识朋友，是否略得缓和？那么对谁去诉说呢？大和尚？庵里的道士们？秀才？屠夫？别的酒友？怎样启口，怎样说清来龙去脉？这些人不会和赵家二爷一般，把他看作引诱已婚妇女、下流好色之徒？他们是否了解世上还有别的东西？男女之间除了肉身结合尚有他种情操？尚有不得言传之结，非通常法规所能解释？

能从完全局外的人那里取得谅解么？能去听听那个一口说"爱"的异国人的话么？"那个奇怪的人，说过一大堆奇怪的话。好些我都听不懂，又有一些合乎情理，甚至触动我。"想到这，想到再见这位高鼻深眼的黄须人，道生又觅回了勇气。他起身离座朝衙门方向走去。那个制造冤狱的可诅咒之地，他一向回避，现在竟又似乎略具善貌,它左侧府第就住着两位外来"贵宾"。

"贵宾"所住房间外有个小厅。道生进入时,发现里边坐了不少人。原来两位异国教士不日即将赴京,好奇之人,纷纷上门,以图探望一下。道生挤到中间坐下,无言静待,丝毫不缺耐心。处于人群之中,暂时排解了他的孤寂之感。过了一阵子,他抬头看看四周的人,自问是什么驱使他们来此。较远处有不少读书人打扮的,他们三五成群,谈吐文雅。细听一下,议论纷纷,意见并不一致。那位来自西洋的异国人崇信上帝之子,称其是绝对完善之人。这些儒家门徒,有的因为知道异国人通晓经书而感兴趣,愿意与他深谈。有的表示怀疑,企求弄清究竟。有的则对之以冷嘲,甚至愤慨,他们心目中,素王之道,已包容一切,放之四海而皆准,如何竟又山外有山,另来一套?道生听了,不免觉得好笑:每人都只听得进自己想听的,他自己只怕也一样。要让新的东西入耳,非易事啊。

坐在他身旁的是些平民。他们挤在这里和要看把戏的人无异。有的听说西洋人有宝物可看,有的想亲眼看看那蓝眼珠,更想去摸摸黄头发、黄胡须。有的也因为听到什么"救世主"而来,这年头,不乏心怀忧虑之人,预感大祸将临,"救世"二字,特别入耳……

这时,教士中的一位自房内来到小厅,把一批读书人引入房内。道生了解到,在房内和客人交谈的乃是经他医治的病人。那是自然的事,那位病过的人一口考究的中国话,听得叫人舒服。

又等了一段时间，书生们出来了，陪送他们的就是那位"病人"，身着儒家书生服装，颀长而挺直。他送客直送到小厅门外，回转身来，环视等候的人，正要问该轮到谁，目光碰上了道生束发带须的熟识面孔，立即笑逐颜开。他径直走过来，一边爽朗地说了一句："有朋自远方来……"左近听见这话的人，了解他们是老相识，乐意让他们先于别人话旧。

到了房里，尚未坐下，异国人即说：

"好高兴再看到你！多谢你把我病治好，我未曾一日忘记你。"

两人坐下后，道生也不绕圈子：

"我也没有忘记你。我一直记住你说过的一些话。"

"真的吗？"

"你说到'爱'。你说真正爱着的人能对心上人说：'你不会死去'。"

"我记得说过这句话。"

"你要知道，这句话，我真说过一次。我把刚死的心上人救活过来了。"

"有这样的事么？我在此看到天主的荣光。"

"你说什么？"

"我说，'这归功于天主的荣光'，因为宇宙间所有伟大神奇的事都源自于他。"

"归功于天主？……我倒觉得这事归功于元气……"

异国人迟疑少顷，答道：

"这中间并无绝对矛盾,但这需要花时间细细说明。我真心希望我们再有机会讨论此事。因为我必须不日上路,往京城去。我们不得不暂时分开。"

"啊,暂时分开,你这话刺痛我心。我不巧正是和心上人分开到不知何时,好苦啊!"

"分开是苦事……不要忘记,真正相爱的人永远在一起,无论距离多远,时间多长。甚至可以说,他们更亲密地在一起,因为那是在心灵之间。"

"你说得真好。看来,你也曾爱过某个人?"

"和大家一样,我当然也爱某个人或很多人,比方说,我的父母,我的兄弟姐妹……"

"我不是说家里的人,爱自己父母,那是理所当然的。我是说,爱一个女人,爱到极点。"

"我一定也为女人动过心,但我没有爱过一位特别的女人。我企求做到的是爱所有的人。"

"爱所有的人?要是没有经历过爱一位特别的人,能够做到爱所有的人么?爱到刻骨铭心,比自己心肝还亲密呀!……"

"那么,我愿意告诉你,我也爱一个人,深度不下于你所说的。"

"谁呀?"

"天主的儿子。"

"啊,又是他。我忘记了。但他已不在世了,你难道认识他本人吗？"

"通过真实的见证，我知道他的事迹。他在世时所做的就是爱，没有保留没有瑕疵地爱。他证明了绝对的爱完全存在，而他在天之父就是爱。为了拯救所有失落于罪恶和灾难中的人，为了使在水火深渊之底受煎熬的人都能在他身上取得印证，他乃接受被钉死在十字架上。然而，正因为宇宙之间，只有爱是永生的，所以献身给绝对的爱的他，三日之后复活了，现在与天主同在。这些话，我已对你说过，今天你既提起爱，我顺便再说一次，虽然这些话，亟须详细解释，乍听是不易接受的。重要的是希望你知道，我爱耶稣——这是他的名字——也爱得刻骨铭心，比自己心肝更亲密。他表面上已不在世，却无时不在爱他的人心中，他爱我们，我们爱他，这样，我们就永远在一起，也只有这样，我们才永远在一起。"

"好些话实在是不可思议，另外一些我很听得进，甚至正中下怀哩。我再问你，你确实相信你所说的么？"

"当然是的，不然，我会全身全心全力以赴么？我会远离故土远离亲人来此，并不惜在此死去么？真正相爱的人不受空间也不受时间限制，他们是灵魂相系，这比肉身相系更亲密更不可分。"

"不受时间限制？总会有个终结吧？"

"不会有终结。此生在一起，死后也在一起。真爱的灵魂是不灭的。"

"你相信这个？"

"当然是的。你别忘记你刚才提到相爱的人所说的：'你不会死去，你将永存！'也别忘记中国人所说的：'海枯石烂，天长地久。'"

"所有这些，我并未忘记。我之所以再问，是要知道，到底保证在何处？"

"那么，让我也再回答：保证在于天主是爱，他是永恒之生。"

"既是永恒之生，为何他又造出了死？"

"这个问题，你前次已经提出。要作出回答，必得绕一个长长的弯子——当自远方来的人相会一处，需要长时间里诚心耐心地相互了解，才能同达至真——为了长话短说，我只简单讲几句：我们作为被造物，不经死亡，不能质变为纯粹灵魂，化入永生。还有重要一点是，我们都是会犯罪的人，说得更彻底，我们都是有罪之人。"

"我们都是有罪之人，我们就应该经历死？闻所未闻啊！"

愣住了一会，道生接着问：

"在这种情况下，爱是罪吗？"

"爱怎能是罪呢？真爱是神圣的。但有些人间的爱是罪。"

"哪一些？"

"譬如，去爱一位已婚的妇女。"

"哎……要是夫妻不相爱，要是婚姻不是情愿，而是他人安排？"

这位有问必答的人住口了一阵,然后若有所思地:

"确实,我们有位圣人说过:'真心爱吧,做你愿做的事'。"

话说至此,两人进入沉默。他们之间尚有许多事难以交流难以理解。互相注视时,却有巨大同情回旋在冲虚之气所开启的空间。

"多谢,"道生告辞时说,"此生有幸遇上你这位不平常的人。第一位自西洋来的人,对吧?要知道,我也是个离乡背井的人。你总是说爱,我学会了借用你用的字,我其实也以爱为主,当然不能像你那样博大,爱所有的人。我只懂得爱一个人,只能说,爱的深度,同样无法测量。"

"我也多谢你,道生。你也是位不平常的人。你有爱心,不断地上下求索。实际上,你领会了很多事;可以说,照你的方式,你找到了你所寻求的。你的很多问题都有意思,都迫使我思考。与你相遇也是我此生的好运。跋山涉水来到中国已足称不虚此行了。我本应与你更加深谈,无奈非得离开上京。我们的道途是否重新会交会?这已无碍真义,因为我们已经成为朋友,彼此都不再相忘。"

"生离不忘,死别亦不忘么?"

"死别更不忘!那时我们携手同向永生!"

两人会心微笑,异国人不由自主地伸出两臂把道生抱了一下,虽然他深知这姿势对中国人近乎侵犯。中国人拱手作揖,连手都不握呢。

## 23

　　秋天逝去，冬天也逝去了。春暖继冬寒来到人间。兰英到庵里去已经六个月了。道生尚留在镇上。说不出的哀伤未曾一刻放松他。他的心境是矛盾无比的。他自知必须自拔而远离一阵，虽然寒冬数月间他实在缺乏勇气去登大山。留在镇上，他总觉得离兰英比较近些，说不定还会降临什么意外的恩赐。然而，继续住在这三年来那般强烈生活过的环境中，兰英走后所留下的空寂何等令人心碎啊！无一景物不勾引起惆怅：那些穷人，带着他们的抱怨或嬉笑，现在聚到镇上其他角落去了；那些香客们依然登上、走下大庙的台阶；那些停在茶馆前的轿子依然形形色色；而落日余晖掠过广场时，似乎要宣告幻象出现……他不知是怎样日复一日度过的，要是没有前来求诊或算命的顾客，要是没有身边几位熟人，那屠夫，那秀才。

　　最出乎意料的是，老孙向他伸出了援助之手，这是算命者未曾预卜到的，甚至无法设想的。老孙，这位对主人太忠诚的家仆，正由于他的忠诚性格，竟实现了他的梦想：赎买顺子。以他仅有的积蓄？当然不是，就算在十五年中，他点点滴滴聚起来的钱数颇为可观，这梦想若无兰英的一臂之助是不会这般快地实现的。兰英在离赵家前不久才得知老孙的事，她乃慷慨地把珍贵的首饰送给了他。这样，善行之环就完成了它圆圆的一圈：兰英为老孙做的好事又及时地惠及道生。是的，这位农家出身、缓慢寡言的人永远也不能揣测到游方道士不能言传的忧伤。可是作为英娘的救命恩人，道生在他眼中的神圣地位，足够使他感激不尽了。他百般地照顾他，随时邀他到小家来，这是他和新娶妻子在小镇边缘上租赁的。

顺子曾说她三生都不足以报答把她自火坑中救出来的人。她未食言。老孙的善良感动了她不说，她苦命中所遇到的奇迹也不会不造出另一奇迹：身受污迹不染，她几乎觅回了完好如初的年轻姑娘的心灵。瞧她那新生的欢喜吧。拿些不值钱的东西，她就能把陋室布置出家庭气氛。此外，她也表现出烹调本领。手边一点青菜、豆腐、本乡本土的配料，经她在砂锅一烧，就成鲜美的一盘。道生品尝着，感到温暖之余，总不免一阵肝肠寸断，怎能不想到兰英每天向他递来的同样滋味的一勺？他确信，兰英协助赎回顺子是为了让他不致突然坠入无依无靠的空虚，以好好度过这段过渡时期，佛家的因果法则啊！

果然是过渡时期。老孙在县城做了几个月的轿夫后，被另一城中一家大户雇用，像他这样老实的家仆在这混乱时期是很受青睐的。这对夫妇只得心情沉重地"抛弃"了他们唯一的"家人"。

孤独再次向道生扑来。除了大和尚与憨儿以外，他再看不到可以共同怀念兰英的人。他知道离开小镇的时刻已经到来。憨儿完全习惯了大庙生活，听说道生要走，却毫不迟疑地要跟随他。

在这个将近十八岁的年轻人眼里,英娘是他养母,道生则是他父。大和尚再一次显示了他的大量,他的谅解。他认同憨儿应在道生身边学习医术和占卜。至于未来如何,得由老天决定了。

清明节过后,师父和徒弟完成了登山之举。道观中,七八个道士仍然在世。其中一位因年纪已大不再干活。另外有两位受到风湿病之苦,勉强参与共同劳作。上山来的香客不多,道观呈现一派衰败迹象。道生这一返来,带有年轻的新成员,不啻是天赐之恩。他俩稍稍安顿就动手干起活来。外墙缺口有待堵塞,房顶漏水有待修补。更不容缓的是,春已过半,菜园必须整理并播新种。幸好憨儿的劲头看来是使不完的。道生,他,却自叹体力渐衰。他不再是那一往直前、只凭星宿保护或一股勇猛之气和世界对抗的人。

他尽管面色苍白,深知不会有人猜出,在他内心尖端,什么东西不停地在啼泣、流血。事实上他已变为另一个人,一个他已不再能对自己作出解说的人,更别说对他人了。所有曾使他苦恼的有关人生的质疑,现在看来皆无足轻重。他的生命被纳入另一种赌注。一种向未知事物投放的赌注,那事物目前给予他明确的使命是:等待。

等待的折磨,他并不感到陌生。曾几何时,在镇上,兰英因生病或其他缘故不能出门时,他对这种折磨有深切体会:计时的漏壶,一滴继一滴地数着时辰;然后一天继一天,一夜继一夜,就那样焦熬着不能思索他事。然而那时,与所爱的人相距不远,不久再见的希望使事情尚可忍受。甚至可以说，那苦味中尚带一丝甜意呢。

这一次，分别、远离、不确定的思念将他推入近乎幻觉的不正常状态。他无法从中摆脱出来。记忆岂只犹新，它鲜明、活跃：兰英的表情、举动、所交换过的眼光、所说过的话语，无不历历在目，无不引人细细温习。"共同生活"的小节以惊人的锐利刺透他的感官。过去与现在紧密交织，"此地"与"那边"不再区分，他生活于两种时空共处并存中。他多多少少机械性地参与道观的日常分工和早晚两次集体念经。与此同时，他的身体是一道合不拢的伤口，任凭所有的形象随时探入。而他耳边则回响着那句比童年歌谣更亲切的叮嘱："日出、日落、月缺、月圆，永不相忘啊！"早晨，从井边回来，他将水桶放在露珠浸湿的草间。透过薄雾，他把目光投向河谷远处，大道小径蜿蜒不止。一条路尽头，出现了兰英。她的身影愈来愈近愈清晰，现在她站在门洞中，灰蓝衣裙，微笑不语，背后铺开了花园。黄昏时分，夕阳已从对面山巅隐逝，却总有一片回光逗留在陡峭高岩上。集体念经过了，他独坐一阵，于是兰英朝他摊桌走来，向他点首示意，久久凝视他，然后不说一句，悄然而去了……

夜晚是他所畏惧的，难以通过的关。手里握住蜡烛，走进斗室，闪闪的弱光把他的影子投射到白墙上，那影子令他困惑、迷失，他不愿也不敢多看。他保留和衣而睡的习惯，背靠枕头而不全身躺下，把被子拉到齐胸或偶尔及肩的高度。他尽量让自己在睡眠不来时不要烦躁不安。就这样待着。就这样被动地看着那双放在被子上给月光或星光映照的手。一只皮肤棕褐的手，过于粗糙多茧而不能再拉二胡啦！真的，多少年来连想都没去想过。可是另一只手，特别白皙的手，总会不变地放在它上面，柔和地握住它，温暖它，把一些未忘的调子默默地暖活。有时，情况相反。苦恼不堪的时候，他试图以自己的手去与另一只伸出的手掌相吻合。另一只手腼腆、渴望，任由他按抚，顺从它的按抚而尽情开启。啊，无尽的欢愉！还有别的形象，太炽热的形象，渗透他遍体，这是些他极力不沉迷其中却又不求避开的形象，他此生强烈活过一次的，从死里返生一次的：以手按摩圆润的身躯与胸脯，以嘴吮吸听从、回应的双唇……

暗夜也会以意外的方式震撼他，在夜里，外界的闯入更锐、更猛。最细微的呼吸都因空山而扩张，使遥远扑来的声涛清晰无遮地在耳室回响。长风散布树叶的簌簌低诉，猫头鹰号叫它们无法解救的惊惧。山雨将来之前，雷声霹雳，紧迫窗板，也紧迫等候的人。骤然间空虚的宇宙屏止呼吸了。一阵过长的寂静后——只有不合时宜的几声钟响将它打破——大雨自天边断然奔腾而至。它倾盆而下，泉流立即散播出所有埋在山壑隙缝中的根茎与苔藓的气味。是发狂的野兽，抑或吐露衷肠的心？夹杂原生气味的泉流啊，它无休无止地向外泄出不能承受的伤心事。当其强力减退时，尚有成千成百的小涧从岩石跃向岩石，鸣唱、咏叹之声似乎再也得不到平息。道生知道，正如诗人所说的"幽人应未眠"，河谷中那未眠的她也正在倾听。

天气转暖以后,上山的香客逐渐增多。起初,每次看见有人自路上出现,道生都不免心上一紧:"会是从庵里来的送信人吗?"这一纠缠他心思的问题,给他造成的折磨过多。为了避免它,他学着关心那些从山下来的人,更何况,他们之中有不少是来看病或算命的,他不是为了教导憨儿,又开始行医和占卜了吗?是的,关心他们,这是他走江湖时所一贯奉行的。关心他们,以真正的同情,这也是兰英给他做过榜样的。在当前的情况下,他本能地觉得这样做是受益的事:在某种程度上靠近了兰英,忘怀了自己。他不能不看到,在这可怕的尘世里,众人均在寻求。多半是寻求财富、荣华,竟有不少也在寻求哪怕是一点儿的智慧、超升。岂不是为此,这么多香客登高;岂不是为此,那个古怪的西洋人不远千里而来?他说他为他的天主行事,我呢?我是替天还是为己行事?各人按天命的路线走到底。天命的路线?天赋的路线?重要的不是永远不要扔掉心中的那一点宝藏么?

道生把目光移向女香客们身上。她们多半上了年纪,一步步登山后,气喘吁吁地,却总保持卑微的自尊。布满皱纹和黑斑的面孔后边,积累了多少痛苦与哀伤?她们一生中,曾经重复过多少单纯、灵巧或是揩血拭泪的举动。现在她们点香、合手、膜拜、唱经、由衷地感恩太上老君。内心得到平静后,她们几乎是欢快地走向院子一角去休息、闲聊。最后,她们束紧腰带,准备下山,带着同样卑微的自尊,也许更加朴实而无牵挂了。其中一人朝道生走来，以略带调皮的语调说："道长，你住高处，靠近上天，在玉皇面前，多为我们说几句好话啰！"道生报以微笑。在那女人眼睛深处，他看到未完成梦想的年轻姑娘，他也认出记忆中依稀保留的母亲的面孔。

中秋节午夜。满月自太空顶端将大地幻化为一颗大珍珠。人类的激情也在夜底凝成明珠，散发出珍贵却又脆弱的光亮。离别中的情侣，各在异地看望同一星辰，以一致跳动的心去追忆低声吐出的誓言。道生独处斗室，因怀念而窒息，而泪水盈眶。最近一些时候取得的一点暂时宁静一下成为泡影。他想喊出声来，想就此起身下山，走啊，走啊，走啊，直到与心上人重聚。他出房，寂立院中，茫然不知何从。爬在墙上的几株紫藤隐约送香；蟋蟀叫声干渴，唧唧不断。所有这些均遵循自然的行程，对他这人间的孤儿完全漠然。他借口想喝茶，忍心去叫醒了憨儿，他不是现在在世上唯一能与之谈到兰英的人么？沏茶之前，这长壮了的青年久久揉着他睡意惺忪的双眼。目光一时触到月光下他师父炽热苍白的面孔，也似乎有感于这思念亲人的神圣时刻，随口问道：

"我们离开英娘好久了。什么时候她才捎信来让我们去看她？"

"是呀，什么时候她才给我们送信来呀？没有她的信，我们不能去看她，她说过的。"

憨儿去睡后好一阵，道生还留在院中。四更时分才回房，十分倦了，却不因此躺下。他跪在床边，好像隔着床帐，对兰英说起话来：

"日复一日，月复一月，一年都过去大半了。兰英，没有你的音讯好苦啊！你说我们有朝将再相见，必须有耐心，我都明白。我只想到自己总是急于得到满足。我岂不是像常人一般么，把事情看得那样浅薄，那样简单，那样直截了当，意愿所向，就伸手去取，取到什么就是什么，其余不管，感情的事可是复杂微妙，深沉莫测啊。那其中奥秘，你女人的心灵是了解的。我只想到我自己，忘记你一生所受的折磨、损害，以及最后的被击致死，死而再活，你身心震动，怎能在这短短时期找到头绪，觅回自主。至于我们如何再见？如何继续下去？这是我不敢想的事，尽管又知道必得往这边想。我是走江湖粗惯了的人，终能作细致思考吗？指示我吧，兰英，首先教会我耐心！"

这些话，多少使他平静下来，它们拓开一个真正对话的空间，从心底漫起了话语："是的，走进女人的思念去，走进兰英的思念去。她是超凡又净化了的人，她也在日日夜夜地想啊，她会慢慢看清的。询问她吧，倾听她吧，这是你今后应该做的，这是你今后能够做的。"一连几个夜里，波涛汹涌下，学会等待的男人不再克制自己以话语去探测的要求。

"我实在不能做别的了，我只应揣摩你的心思，兰英。你是天生丽质的人，也受过最好的教养，本来愿循规蹈矩，完成女人本分。谁知由于命运安排——只怕也由于我吧——你却活过那样离开本份的经历，几遭家破人亡、名声俱毁之祸。你深知人言可畏，你需要远离众目昭彰，长时匿迹而另启心路。我怎能不了解呢？"

"兰英，让我更往前想。也许你认为，从肉身来说，就算在欠缺中，我们确是已得到意想不到的幸福。而当我把你从死中救活的那一刻，我们更达到了人间未曾有过的极致。那样身心畅开、灵气交融的极致之后，不可能再向后退，不可能再沦入日常的平庸重复中。"

"兰英，也许你接受重新回到世上来，再留一段时日，是为了让我学会真正地和你对话。不只是肉身的对话，而是心灵的对话。和那个异国来的人一样，你也相信灵魂，不是吗？和他交谈，和你相处，我也算懂了些。我看出，他的高尚，你的秀美，事实上是因灵魂光照而来的，没有灵魂光照，肉体固然也能鲜艳一时，很快就干涸、枯朽了啊！我逐渐领会，灵魂是唯一既不损坏亦不腐烂之物，它唯一能对抗日久的沉沦，男女之间所感所受、所想所望岂可以有限时日计。还有那么多没有说出而要说出的东西，那要说出的不断翻新，无穷无尽，没有止境的啊。兰英，也许今生今世，你要等我内心摆脱杂念，最终学会了和你心灵对话，才向我示意，给我音讯？"

"兰英，你相信轮回。也许你不愿此生随随便便，糟蹋了来生的运气？你期待在来生再开始一切。不，不是再开始，我是说，用别的方式开始。在来世，我们不会像在今生今世一样，重逢太晚。来生里，我们将一开始就在一起呀。第一次交换目光，第一次交换微笑，我们就不再分离。我们将知道怎样回避错失、疏忽、误解，整整一辈子以至情相爱。"

"原谅我，兰英，所有这些揣测。它们是对的，还是错的？这里，我抛弃了占卜，只听心灵之声。可是，灵魂这一章上，我尚处于无知。倘若你已明知，告诉我：上天为我们作何安排？"

## 24

中秋过后，重九接踵而至，秋季乃登临其顶峰。这日，众人亦皆登高，呼吸新鲜空气，并采摘茱萸，以示诸事按理发展，顺利进行。自此以后，年程即逐步收敛，进入冬藏。寒气初袭，虽不过分粗暴，然而也绝不让步地处处扩张、加厉其统治。树木枝干卸下衣饰后，秃秃向上，在天空的灰白纸面写下劲遒的书法。

人间的生活每日愈趋艰难。道观外面，高处不胜寒，必须经常扫雪。尤其是通往井边的那条小道，汲水之前，总得费劲打碎石井栏上的厚冰块。艰难之中，不时也会碰上意外的欣喜，因为严冬也隐藏有它的幻术。譬如，只要从石井再往下走一段路，就到达仙人洞。和暖季节时，香客成群前来烧香，竞饮治病的清泉。值此严冬，似乎为了慰藉孤单之人，幽静寂寞的山洞焕然仙境，长长冰条挂下钟乳石般的水晶帘。从洞内穿过帘子，可以静观广袤大地，白茫茫一片，往山下一望无际地伸展出去。实际上，这块无边无际被覆罩了的大地依然闪烁浅蓝或粉红光耀，几乎与盛夏火焰同样强烈。这时，深陷至痛的心灵听到声音在耳边私语：

"一切均在变换，荒凉也会滋生奇迹啊！"

道观之内，祈祷大厅及共聚的起居室中生着火炉。相反的是，各个卧室内却无任何取暖设施。道生和衣背靠枕头，在一床厚棉被下学着驯服冬天的长夜。他不再如以往那样健壮，对气候的细微改变都极其敏锐。最艰难的时刻是四更与黎明之间，当睡眠不至而寒冷加剧之时。这是他求助于戴在胸前的兰英刺绣品的时候。他用手紧压以更能感受到它。他想到那尾鱼，想到它在水草中的转变，向兰花或是荷花游近。一种感官的陶醉开始包住他的身体，给予他温暖与平静。有时，是更难以描述的慰藉，他毫不怀疑是兰英的灵魂悄然前来与他的灵魂结合一处。

过去拥有过的那块芳香手绢，曾挑起他的狂热抚摸。手绢失落后，他又曾悔恨不已。没想到后来竟能与兰英重逢、交往，度过了另一种经历。不能否认，他身体上与精神上起了转变，他变成了一个异样的人，至少是不能用通常的形容字眼来描述的人。说到抚摸，也许有那么一只手，自内抚摸他，那是一只并非振奋而是安抚的手，所抚摸的不再是皮肉而是心灵。现在他即使彻夜不眠直到天明也没有任何焦虑。他唯一所惧怕的是梦，是不能控制的太令人摧裂心肠或太"真实"的梦，每次骤醒均让他凄然或惶然不已。例如小芳来对他说，英娘正在院子里等他。梅花一夜怒放，她约他去雪中赏花。他急忙应一声："好啊，我这就来！"起床，稍作梳理，他走出门去。可是……

然而梅花一夜怒放倒是真的。清新花瓣喜报春讯。万物复苏，不免重新勾起掩埋了的伤痛。间或地，又有什么微物在心尖上泣血。幸而道观方面迫不及待，必须修理屋顶，种植菜园，犹如去年一样逼他进入忘怀之境。久而久之，那作痛凹处竟补上某种实质，他自己也弄不清的实质，包含怀念、接受，甚至包含说起来也无法置信的"幸福"。当然不是心满意得的"幸福"，不如说是对那往往在痛哭之后所达到的宁静状态的首肯。

对所有发生的事的首肯。对发生在他和兰英两人身上的，也对发生在宇宙间、人间的。天何言哉的宇宙生出了眼前的高山、深谷，他这默默无闻者的生活中也生出了奇特事件，也许是荒唐不测的，无疑是独一无二的。是的，衷心地首肯。他仍然处于无限期待中，也可以说，他不再期待什么，因为事实上，他把一切都内化了。他不是只要钻入自身就能重获一切？兰英何时曾如是深沉地活在他身心里面？他已不再独白，他日常的自言自语其实是在和她对话，从容自如，一片默契。白天在洗菜时，他有时会说："看，兰英，这些新鲜的莴苣，今年这么早！"并听见应声："可不是，只要再加一点竹笋和小葱；大家都会喜欢的。"在中饭时，他多次举起满盛米饭的碗咕哝他按惯例的感谢，而必然无误地得到回答——幸亏没有别人听见："不用谢，是佛祖功德呢。"

现在，如何能否定那位女人已成为他最亲密最富有活力的部分？他执迷地坚信他由她而生，与她共同成长，由于她而将永生，由于她的眼神，她的声音，她的肉体，她的灵魂，她的不可描述的芳香，比荷花的芳香更幽深。究竟她是谁？是母亲？是姐妹？是情人？为什么寻索说明？天地间只有一个奥秘，女性的奥秘——道家称之为原谷，向无边无垠开放的取之不尽之谷——它使你乐意忍受一生的冰冻严寒、饥渴、分离与等待。使你确信得到幸福的允诺，确信自始幸福已经存在。确实，"已经存在"，正是这句话。倘若没有真正生活所蕴含的这"已经存在"的话，兰英会如此自发地实施赈济吗？而那奇异的异邦好人会如此坚决地置生命于不顾吗？或许，在别人眼里，这是幻觉？而对于体验这种确信的人，生活的真实就在生活中得以验证，欲望的实现不就存在于欲望本身？无论如何，无论受益或受损，道生将这思想化为自己的思想，由于他确知不能从中摆脱，其他一切对于他皆平淡无奇，毫无意义。一步继一步，他逐渐成为一种神秘的激情的静观者，这激情同时在他前面，并在他身上完成。

　　独自坐在菜园的矮墙上，不再安处于自己的影子里，亦不安处于两人的狭窄范围内。他不无惊异地看到，恍恍惚惚的眼前，以天地为背景，出现了兰英与道生这哀婉的一对。他们独特的方式体现了太空星辰的法则，尽管相距，却永远相互召唤，相互吸引。或者，更谦卑的，他们是两株生长于斯的连理桑树，在不可见的地下，错节盘根，共饮泉水。黄昏到来时，夕辉返照中，他看见他俩化入桃色大气，再也分离不开，再也辨别不清了。谷间漫起轻雾，越过青葱苍翠，升向高空，与云团化为一片。云团将合乎时节降为喜雨，灌溉大地，保留大地常青。就这样，从可见到不可见，从有限到无穷，苍冥元气周流不绝。

八月十五,又逢中秋佳节,透明如洗的月夜里,憨儿直言问起何时再见英娘。对这个已入成年的年轻人,道生亦直言不讳:

"我也不知,总之,还得耐心,得尊重英娘的心意,她会给音讯的。可是,或者不久或者很久,我都不多揣问。重要的是知道我们已经在一起,就如同你和我面对面一样。此生,来生,灵魂一旦结合就再也分不开,这是英娘确信的。我日复一日体验过后,也丝毫不怀疑。就说你妈吧,人家说她去世了,她何曾一时遗弃你、忘掉你?表面上看,她不在此,她可在你中间哪。你在哪里,她就在哪里,比她在世时更分秒不离!"

说给憨儿听的话,对自己起了决定性的作用。道生毅然进入结晶升华的时期,自发的冲动与欲望的吸收,涌现的希望与期待的结束在心底相互调和。焦虑平息了,恐惧克服了,因慈悲之情而超脱,他有条不紊地投身道观工作。外貌的变化,别人可能注意到,他自己却对之漠然。精力减退,面容消瘦褐黄么?目光凝聚而使眼眶深陷么?这些都不重要,他自知依然是那个保留初衷受过激情冲洗的人,那块被磨得光光滑滑然而丝毫不会缩减的顽石。

冬日到来时,寒流早袭。道观中几位上了年纪的为病痛所苦。道生因为日夜照顾,亦病倒一时。对此情况,这些择居"高处不胜寒"的人尽管已经习惯,这一冬仍显得特别冗长无尽。只有憨儿勤而不倦,对当前、对未来都执信无疑,乐观以待。春节过后,他就引颈探望春暖归来。二月初一早晨,自井边挑水回来,他终于看到山坡上李树开花。"喔唷,春天来了,春天真的来了!",他一路喊着。那喊声比他自身先闯入师父房间。看到师父眼睛半闭,尚蜷缩于沉思之中,他有愧地伸了伸舌头,准备抽身退去。道生叫他安心,说无论如何该起床了。不久香客会上山来,有些是来找他治病的。

下半天,按照新习惯,道生回房休息。只到近黄昏时,他才去参加念经祈祷。这以后,他独自一人待着,想些什么,或者什么也不想。从大殿里,他爱看夕照透过祥云,以紫光托出远处河谷,似真似幻。蜿蜒道路尽端,有道生坐在摊桌之后。兰英步子轻盈,向他走来。亭亭姿态消解任何愁思。她停在桌前,启口道:"让你久等,我们终能见面了!"

同日夜里,道生手握蜡烛回房。月光直射下来,卧室白壁清辉一片。他吹灭蜡烛,置于桌上,这就转身向床,发现床被围在女性群中。她们是些尼姑。其中一人回过头来,他认出是小芳,热泪盈眶,向他打招呼,他上前一步,端详入眠的兰英,面容异样宁静,呈现出所有见过这张面孔的人不会再忘记的慈祥光辉。幻象持续了多久?一刹那?或永恒?道生不知。他只感到心给掏走了,于是双膝跪倒床边。

次日,他找来憨儿,直截了当地说:

"我们收拾行李,今天就下山。"

"好哇!我们这就去见英娘啦!"

"去见英娘，是的，趁她身体尚在人间。"

"你是什么意思，师父？"

"憨儿，听我说。英娘的魂昨天来访，告示我她或将远行。这是我所领会的，我们立即下山，不要耽搁一刻。"

憨儿听了，有点没头没脑，也不敢多问。别的道士得知消息后，都惊呆了。看到道生坚决、急切的状态，也不敢多问；只是望他早日返来，道生真诚地答应了。

告别完成后，时间已不早，道生由憨儿伴随上路，手里握着长棍当手杖。残冬遗留痕迹的山径，未经尚为稀少的香客踏平，乱石野草，行走艰难。从动身开始，道生就自觉乏力。他谙晓这衰弱状态是来自长期身体折磨和骤然的心灵空虚。他一脚前一脚后，避免踩入泥洞。中午时分，师徒二人才走到半坡。一阵头晕，他乃放眼四周，寻找附近一个据点。正好路旁下临河谷的那块巨石铺在那里，石面上松针黄绿相参，如虚席以待。老相识呀！那块巨石之上，他不是坐憩过？那是何时之事了？他还能记起吗？好像是久远之前，几乎是前一辈子了！不啊，想起来了，那是五六年以前的事，当他第一次下山，到白鹤镇。白鹤镇，所有一切从那里开始……

放下棍子，他弯下身子，双手扒着坐在岩石上。缓过气来以后，对徒弟说："憨儿，看样子，我不能再往前行了。你到山下去找顶轿子来抬我吧。"

现在他独自一人，坐靠老松，把背嵌入树干空心中。虽然呼吸困难，他总算恢复了镇定。此生再一次，再多一次，他把目光投向下方河谷。尽可能向远方望去，河谷尽端，好像升起一道蓝烟。这是午后开始的时候了。穿越松柏粗皮、针叶的香味和蜜蜂嗡嗡的撩人声，季节重新发动它自远古就许诺的周期。悠游云朵与起伏山峦之间，不可见的大气流动，把天地卷入它的浩瀚节奏。而滑翔高空的老鹰则把这气流画出圈圈曲线。最后亦是最高的清醒神志自道生体内升起：

"哎，总是这片多彩多姿的大千世界！斑斓无边，反复不尽。可你到这世上来，却是为了独一一张面孔！那张面孔，有朝一日相见，就再也不能忘记。没有那张面孔，大千世界总只是疏离、失落，不能存有趣味，不能存有意义。有了那张面孔，它的目光，它的话音，于是什么都有趣味，什么都有意义。不可解的神秘啊！没有钟爱的人，什么都是东分西散，飘若轻烟；有了钟爱的人，什么都是心心相印，不断会聚。此生中，来生中，只要生生不息……"

新的头晕再次向他袭来，正中额头，这一次丝毫不让步。他感到躯体放弃了他，活像一张蜕去的皮。他闭上双眼，也许是为了不再睁开。此时此刻，他的第三只慧眼睁开了，取代他的位置，凝视无限，以稳健的声音喊出："兰英，我们终于在一起了。当然，许久以来，我们就已经在一起。然而，与我们意愿相违，这期间仍掺存那么多的困惑、惧怕、伤痛、糟粕。现在我们真正进入纯粹涌现，纯粹交流。为达此境，必须经受所有一切。这一切不是白费啊。我们终于学会了在一起，现在该把学会了的无尽期地活下去。所有悲愁都已洗净，所有怀念都已吸收。天长地久亦不为多，我来啦！"

从这广阔的世上，道生可能不再听到什么，不再需要听到什么。一个声音仍从河谷心升起，这是忠实憨儿的声音。他喊道：

"师父，从庵里来的信使在这儿。我们上山来啦！"

## 爱与美——与程抱一的对话录

高宣扬

这是关于美、艺术与善的论题的对话,对话分八次在法国巴黎的不同场合断断续续进行。对话的起因,固然是由于程抱一先生的小说《此情可待》将在中国大陆翻译出版,但不仅仅如此而已。实际上,对话者双方,长期以来,出于对人的生命及其艺术审美性质的关切,一直环绕哲学、人文社会科学以及艺术和宗教问题进行着探讨。穿过中外思想文化及艺术史的各种文本及作品,特别是参照中国及西方许多思想家对于艺术、宗教、文学、哲学以及社会文化问题的研究经验,使对话者双方,伴随着对话的深入,一方面,亲身感受到从未有过的心灵冲击,甚至不时引起灵魂深处那些维系生命最敏感的心弦的激烈震荡，推动着对话者自身精神境界的一再超越和升华；另一方面，则对人性、社会、历史、哲学、艺术及宗教的深奥本质获得层层深入的认识，开拓了自身的创作视野。这其中似乎经受了精神"炼狱"的磨炼，时时尝受无尽的精神苦恼，但又同时感受着思想创造的愉悦和精神快感；而且，这些精神体验，在更大的层面上，又往往难以通过语言表达，使自身陷于一次又一次思想情感的激烈矛盾之中，并由此产生极大的创作欲望和热情，推动着对话者双方，层层摆脱原有的心灵约束，强烈地期望朝向无限的世界开拓新的生命方向。对话，在这个意义上说，成为不折不扣的创作契机和动力，也成为对话双方获得思想解放和审美愉悦的途径。

其实，"对话"越在《此情可待》之外广阔地展开，它对《此情可待》的内容以及由此引发的许多关于审美、生命和艺术等问题的认识就越深刻和越广阔。

所以，对话的展开，虽然由于时空的强制性约束而经常中断，往往呈现为片段式的思想碎片，但对话双方却感受到"对话"本身的独立生命力及其自律性运动。对话本身甚至以具有独立生命的"第三者"的身份和角色，不但主动反过来一再地介入对话过程，而且还直接启发对话双方的思路，使对话者领受到对话活动本身的恩宠，获得自身生命的一再重生。

因此，这篇对话尽管是在两个自由的、特定的思想生命体之间进行的，但对话的内容及其内在的创造力，远远地突破对话双方的生命界限,导向中外艺术及思想史的广阔领域,并趁机进入到许多著名文献以及卓越的艺术作品之中,并在那里,掀起了关于美与艺术的深沉反思波涛,也自然而然地从艺术王国的神秘底层,飞跃到社会生活的各个层面,触及人性的最不可测之处;然后,又回过头来,通过艺术的中介,涉及《此情可待》中的人物及其故事,并试图探索在文本的复杂结构中冒现出来的故事人物的情感世界及其实际遭遇的意义。

由于对话的多次性和非连续性以及对话双方各自有意无意表露出来的表述风格,使这个多场展现的对话,无法以惯用的方式表达出来。实际上,也没有必要遵循传统的叙述途径再现对话的内容,因为这一切都只能破坏对话本身的创造性的生命力。

为此,对话双方同意以对话自身的自我展现方式,由其自律的生命力,任其自身客观地延伸已经展开的对话内容,并继续通过对话自身自我展现的方式,使对话能够在读者观看《此情可待》的具体脉络中延续下去。也就是说,对话既然已经开展,它就由不得对话者双方的个人主观意愿,一方面,对读者来说,读者可以任凭自己的思想脉络和思路,将它引申下去,从而使这篇对于美和爱的探索的对话,成为非原有对话者所独占和私有的"精神财产",而是成为读者们在新的阅读和思考环境下继续开放地展开的美的开放性探索;另一方面,对话自身又可以按自我生产和自我参照的逻辑,通过文本自身以及文本间的自我穿插和渗透而以延异的方式进行重建和开拓。

如前所述，这场围绕"爱"与"美"的对话，先后进行了八次。具体地说，它从2006年春的寒假，经过同一年夏季的暑假，再延续到2007年的寒暑假，直到2008年春季的寒假为止，先后在程抱一先生的两个寓所、阿尔班·米歇尔出版社（Editions Albin Michel）的会客室以及巴黎"中国乐园饭店"的餐厅中进行。

## 一、《此情可待》所显现的历史画面

《此情可待》所描述的，用程抱一先生自己的话来说，"是两位无名人物在明朝末年的爱恋之情"。小说回溯了四百年前明末所发生的一段感人肺腑的爱情故事，以"无时间性"的爱情主题，展现了一对恋人发自内心深处的恋爱激情所产生的"爱"的无限生命力。而在此动人心弦的爱情中，还凝结着同时代社会的文化精神，向我们生动地展示了中国明末一群文人志士的理想和可贵情操。

谈到这个问题，程抱一先生意味深长地说道："首先可以说的是，这部小说的主题是人间的恋情，甚或激情，故事发生在四百多年前的明朝末年，所以叙述的口吻、笔法，均设法依循那时人物的意识与情怀，如明末作家在他们的白话小说中所显示的。以今日的眼光去看待，也许会觉得那些人物过于幼稚、单纯，过于多愁善感，拘束而不奔放。作为现代人，我们当然自认远比他们进化、开明。不论在知识或在感情上，我们所达到复杂和微妙，怎可与那些人物的'落后'作同日语呢？可能也正由于此，我们极易成为那看透了一切的犬儒派。我们讲究卖弄、俏皮，失却了那些人物的某种天真的想望，某种执著的钟情，某种孩童般的对不期而遇的事件发生的惊异。这里，至少有一点值得我们惊异的是，在那样封建落后、礼教压制的时代，两位无名的情侣，除了活过一段特殊的儿女私情，他们所真正展示了的，竟是人类精神潜在地具有的最高境界：开向无限、开向永恒的神往境界。这境界，我们今天仍保留了么？如果我们不能肯定，则重温一下这旧时代的故事，也许是值得的。"

显然，程抱一先生试图通过《此情可待》的写作和出版，重演明末珍贵的历史画面，并通过它，重演在真爱过程中才能充分显现的人间真情的永恒价值。因此，只有首先理解《此情可待》所描述的故事情节的历史背景，我们才能够比较恰当地体会书中所发生的爱情故事的真正价值。

明末的中国社会正经历翻天覆地的变化。这种变化不只表现在可以看得见的表面，例如在政治、经济和社会生活方式方面的转变，而且也隐含在不可见的精神生活和人们的心态结构方面的变化之中。精神生活和心态结构方面的变化又更复杂地体现在情感、生活品位和各种爱好等内心秉性因素的转变。

现代的年轻人生活在完全不同的新时代，离开明末社会和文化似乎很遥远，甚至会对此产生一些费解和误解。

实际上，明末的中国正处在剧烈变动中的历史转折时刻，虽然社会和个人的状况都极其复杂，但总的来讲，当时的社会依然在缓缓地朝现代社会过渡和发展：一方面，朝廷的统治充满腐败，各种"酷吏"及宦官横行，百姓深受多重压迫，民不聊生，以致各地农民起义频发；但另一方面，在精神和思想领域，在民间不乏萌生自由思想；而在情感方面，也正孕育着独特的人文伦理价值和异于传统的浪漫情操。这一时期的人们心态和情感世界，与西方的启蒙前夕相比，毫不逊色。生活在明末清初的黄宗羲（1610—1695）和顾炎武（1613—1682）等思想家，已经明确提出批判君主专制的自由思想。此外，更重要的是，明末文人的情感变化还包含着中国文化和人性的特有性质，并同时蕴含着中国文化的优秀传统因素。对后一方面，当时已经纷纷远道而来的西方传教士、文人和知识分子都有所关注和赞赏。因此，当时中外思想文化交流虽不肖盛唐和魏晋南北朝时期活跃繁荣，但依然存在中外文化交流的土壤和种子。

更具体地说，明末清初，中国虽然在政体上仍处于封建专制，但是这一时期，南方沿海省份的对外开放，使得经济上出现了资本主义的萌芽，自由市场经济也略见端倪。从1405年起，郑和（1371或1375—1433或1435）在28年间七次远渡重洋，遍访30多个国家和地区，远至非洲东岸和红海海口，成就了中外航海史上的壮举。自由贸易自然孕育了自由的思想。因此，明朝末年，一方面是经济文化的发展，另一方面，却是社会矛盾剧增，动乱连年，为社会制度崩溃状态下的束缚松动创造条件，促进了思想解放和个性发扬。这种现象，似乎重演了中国历史改朝换代时期的某种特点，如秦末、汉末、唐末，乃至清末，皆有类似现象。环视西方历史，如古希腊、古罗马和文艺复兴时期，也显示了类似特征。

另外，由于在一定程度上的对外开放和交流，在思想上，西方自由精神之风也悄然吹入中国，其追求个性解放的精神逐渐渗入到中国一批文人志士圈中，使此前多年悄然滋生的自由精神进一步有所发展。

由于个人自由思想的发展，在婚恋方面，部分年轻人不再把传统的媒妁之言、父母之命当作理所当然的标准，他们开始关注个人内心的感受，用自己的眼睛和心灵寻找爱情。《此情可待》中的道生和兰英，就是很典型的一对男女。

大家从《此情可待》的情节中可以看出，他们俩出生和生活在不同的社会阶层，也接受过不同的传统教育，但他们居然可以在无言面对时一见钟情，并一生忠实于自己所选择的爱情。

弥足珍贵的是，中外对话更多地是采取个人间具体接触的途径，这种面对面的直接交流，带来了单纯的书面文字阅读和语言对话所产生不了的神奇效果。根据西方传教士带回西方各国的文字记载，他们出入中国文人宅居的各种庭院甚至乡间茅庐，相互间促膝把酒、吟诗、共话，切磋心得体会，亲身融入中国文人的生活中去，体验中国式的生活方式以及各种中国文化传统礼仪。在中外文人相互交流中，在他们对人类各种自然和文化现象的探讨中，在他们对人类文化的品赏中，这些西方来的使者不仅领略、吸收了中国的文化，而且还为中国带去了西方的文明。

显然，对话在个人间面对面进行的时候，一方面，对话双方借助于语言文字进行沟通和交流，另一方面，谈话双方又从可见的脸部表情、眼睛的传神以及手势动作等细节，体验到情绪波动，达到单纯的语言文字交换所无法交流的深层，达到无形的、然而又非常触及灵魂深处的心灵交汇的程度，并由此萌生出许多新的感觉及情感，远远地超出对话者自身所预想的结果，真正达到双方精神超越的程度。

《此情可待》中这对相互爱慕的恋人之间的极其浪漫和脱俗的故事，正是程先生从这批在中国留下足迹的西方思想家们遗留的文化宝藏中发现的一颗明珠。

为了更深刻地理解明末中国社会的巨大变化，我们还可以参考处于从中世纪转化到现代社会的过渡期的西方社会的状况。通过这种比较和类比，我们也许可以更具体地展现已经被许多中国人遗忘掉的明末社会的特征。

我们所参考的这段西方历史，是由法国年鉴学派所写的《私人生活史》的第三卷，即该书的"激情篇"。这本书讲述了类似于明末时代所发生的许多感人肺腑的激情故事。

在从中世纪向现代社会的过渡中，市民的生活方式发生了变化，与之相应的是情感方面的内心世界的变化。这种变化之所以发生，是因为社会的转变导致私人生活领域的产生，导致私人生活空间逐渐从公共社会的空间中分离的倾向。

我们可以发现，在过渡期前的中世纪晚期，个人陷在封建的公共团体生活中，融入到某一个或强或弱的功能系统中。作为某一封建领主庄园或某一部族的成员之一，或是束缚于一定的臣属关系中，个人及其家人生活在一个有限的世界里。

按照现今或现代其他时期所理解的"公共的"和"私人的"的语义，这个世界既非公共的，也非私人的。简言之，私人与公共混淆不分。

正如诺贝尔·埃利亚斯（Nobert Elias，1897—1990）所表明的，日常生活的许多行为，在过去很长一段时间的历史流程中，始终采取有节奏的方式循环地持续下去，而且，它们基本上都发生在公共场合里。或者，更确切地说，它们一方面可能表现在个人行动所限定的社区内，即村庄、城镇或城市，另一方面，表现在一些彼此相熟的世界，在这个世界里，每个人都相互了解，时时都能看到他人的生活，因此，日常生活可以比较不受拘束地显现出来。于是，在这些世界之外，就是那些充满神奇传说的人们居住的未知领域。对人们来说，唯一的居住空间、唯一受到法律管治的空间，就是公共空间。

但是，问题在于：即便在人口相对稠密的时期，上述那些社区里，仍然存在着许多供人想象、并在结构上稍微比较松散的"私人空间"。这些地域为人们所了解和承认，并在某种程度上受到保护：如窗户一隅、门廊一角、果园深处的僻静地点、森林里的一块空地或小棚屋里。正是在那里，经常可以发生各种在公共空间所不允许的行为，也流行各种在公共空间所禁止的话语。

西方中世纪末的这种情形与我们在从中世纪到现代社会的过渡期所看到的情形，形成了鲜明的对比：社会的范围越来越扩大，同时却又越来越隐匿，而社会的各个具体分工领域，对不同的职业和行业的人们来说，逐渐产生一定程度的疏远感。于是，人们不再相互熟识，工作、休闲娱乐和家庭生活都变成了相互独立的活动。男人和女人都追求私人生活，为了达到这一目的，他们坚持要求有更大的自由去选择（或至少感觉他们在选择）自己的生活方式。其结果，导致一种极其矛盾的生活状态：他们退入家庭，家变为逃避外界之所、个人生活的中心；但与此同时，家庭又成为那些寻求生命自由的个人的"监狱"，他们因此渴望逃离家庭，寻找更自由的私人生活领域。

以上发生在西方社会从中世纪到现代阶段的过渡期中的历史转变，也同样发生在中国相应的过渡期内。正如前面所说，明末社会属于这个过渡期。但是，值得指出的是，明末社会过渡期内所发生的上述类似变化，还具有浓厚的中国文化传统的烙印。这里，要特别指出两点。第一，中国道德伦理关系在文化传统中占有非常重要的地位，并对社会各个阶层大多数人产生广泛的影响，尽管这种影响是不同程度的和产生不同效果的。第二，家庭生活在中国社会中扮演非常特殊的角色，使过渡期所发生的转变在家庭生活结构上也呈现了不同于西方社会的特有模式。

在《此情可待》中，影响道生与兰英之间恋情的复杂因素中，就明显地表现出上述中国特殊传统的两大因素的顽固性。尽管如此，明末过渡期的转变，最终还是获得压倒优势，战胜了留存在道生与兰英身上的那些传统力量，使他们敢于在中国封建道德伦理观念和家庭关系的压力下，继续维持他们的特殊恋情。这种状况更显示《此情可待》所赞颂的人间新型激情的珍贵性。

实际上，在中外历史上，每当出现道德和规范的高压，尤其是每当社会和文化面临危机和创新的"瓶颈"时期，总会有一群离经叛道的人，以前所未有的极端态度和方式，一方面试图以他们的言行对抗占统治地位的思想，对抗通行的生活方式，另一方面又以极端的言行，嘲讽和蔑视现有的规范，而且，他们抗拒的重点，首先是性生活方面的旧规范。

## 二、爱的历史的永恒重演

人世间一切具有永恒价值的审美话题以及震撼人性灵魂深处的善的力量，总是要经历尼采所说的那种"无数次永恒回归"的方式，一再地重现其作为人类文化创造基础的永恒审美话题的"唯一性"。在"永恒回归"中，人性中呈现为微观结构的永恒价值力量与人类文化历史中所承载的宏观结构的永恒价值，一再地相会合和复杂交错，并在不断的会合和交错中，不断地重新获得新生，在重复的"充电"中获得更新，重启生命的动力和创造力，使人性和历史中的永恒性因素不只是重复,而是一再地充实和新生,由此而使永恒性本身也在永恒活动中再度获得新的永恒力量。这也就是永恒性的永恒的"再生产"和"再出发"。正因为这样,永恒性的永恒化也是永恒本身的重复和更新,是永恒本身的延异和继续,又是它的"螺旋形循环"。

人性中的永恒价值力量与人类文化历史中的永恒价值的重复性会合点,在《此情可待》一书中,就发生在道生与兰英间的动人而神奇的爱情生活中。

其实,人性和人类文化历史中的永恒力量,可以在各种千变万化的历史事件中发生重合,并由此产生出震撼人心的教育力量和审美力量。在道生与兰英的恋情中所产生的永恒力量,只是无数感人的历史事件中所展现的永恒性的一幕,它通过这两个具体的故事人物之间的恋情,典型地表现了人类历史上无数次可能发生的永恒事件的真正意义。

由此,产生了一个问题:为什么在两位具体的恋人之间的真情可以典型地重现历史的永恒性?

爱,是历史的一个永恒的话题,也是人性中一种永远不会泯灭的情感。"爱"不同于具体有形的物质清楚地呈现在我们眼前,也不能像有形的物质那样被我们随意挪动、触摸和交换。虽然爱的交流不可避免地要借助具体的东西,但它在本质上源自心灵,表现在具体的情感中,实现在心理和物理世界(诸如肉体和借物传情)的交融过程之中。在人类社会中,在文化创造中,爱通过特定的人物及其情感的表演与交流，通过语言文字以及各种形象的象征性中介物的传递及转化，呈现在人类的实际生活中。

爱，由于它同心灵深处以及情感复杂交流的内在关系，更由于它同社会文化整体之间的多重交错，从某种意义上来讲，具有神秘性。它的神秘性，固然容易被实际生活中的各种具体关系所掩盖，固然容易被有形的物质关系所遮掩，但毕竟深藏在人类本性的底层和宇宙运行的无限逻辑中。这就意味着：爱并非局限于实际的生活和可见的文化关系中，而是具有本体论和形而上学的根源。在这个意义上说，爱成为哲学思索的一个重要问题。

爱是世界上最高的一种认可，这种认可遮盖了其他形式的认可。它能使坠入爱河的人在其中流连忘返，而忘却周围的一切；它能使人摆脱虚无，无心追问生命的意义。在爱者那里，爱即是意义，爱所追求的对象就是生命本身。

由此可见，发生在人世间的爱，虽然展现在最普通的日常生活领域，但它既有神秘性，又有超越性。但爱的神秘性，也正是爱的超越性。它超越了具体有形的物质，超越了庸常的存在，达到与神明同在的境界，因为真正的人神关系是基于爱的。

这种爱的产生不是刻意的人为筹划，它甚至带有无巧不成书的戏剧性，在一次具体的爱中，所谓"必然性"退却到无影无踪的异域。

尽管如此，"爱"还是发生在人的思想、行为中，与产生爱的人的性情、气质密切相关。一个只看到有形物质世界、缺乏联想力的人，很容易在现有的物质世界中得到满足，很难引发内心的精神寻求，也难以有丰富的爱产生。而只有当人不满足于日常琐碎事务和有形物质时，才会关注内心，才有可能产生超越有形物质的情感。

从古以来，中外思想家和哲学家以及许多伟大的诗人和作家，都通过他们的杰出作品，不断地提出类似的问题，并试图通过他们对人性和人类历史的不同观点及理论，向人们提供解答上述问题的答案。尽管答案是多种多样的，但其共同点就在于指出：爱，是维系人性和人类社会存在及发展的基本力量，而在"爱"中，集中地隐含着人性和整个人类历史发展的奥秘。

其实，在人类从自然向文化过渡的过程中，劈头遇到的第一个重要问题，就是男女间的爱。因此，人类文化的最早形式神话就以叙述男女两性的爱为轴心，向我们提供了极其朴素而又深刻的文化信息，试图向一代又一代的人类社会传达关于爱这一主题的永恒性的基本经验。

在基督教的《圣经》中，同样也传达了古代圣人的珍贵遗训，期望人类在文化创造中必须永恒地牢记爱的永恒力量，作为维系社会发展的基础。德国哲学家马克斯·舍勒（Max Scheler，1874—1928）认为："爱是最原初的动力；世界的统一性就基于爱之上。作为人类生存的基础和人类文化创造的模式，语言就是由爱所指引的。也就是说，有了爱的力量才使人与人之间产生说话的欲望，同时也产生创造语言的智慧。"因此，爱不只促使个人之间建立正常的生活和社会关系，而且也构成人与无限的神、无限的世界相沟通并相协调的推动力。

由此可见，爱的意义固然生动地体现在一对男女恋人之间的爱情中，而且也深刻而广阔地展现在人与人之间的社会结构中，展现在人类社会与自然的关系中，也展现在广阔的宇宙中的各种物体之间的关系中。在这里，爱并不只是表现在一对相爱的男女之间的爱情，爱也不但表现了人类可以感受到和认识到的爱情关系和社会关系，而且还表现了整个宇宙的人与物、物与物之间的关系的基本原则。所以，真正意义的爱，作为世界存在和宇宙发展的基本动力，作为人类社会和文化创造的基础，已经远远超出"两人间"或"小我"的范围。这样广阔意义上的爱，已经不知不觉地含有了神秘的意义。

爱的普通意义和神秘意义，从来都是相互交错而展现出来，并以人类自身所无法控制的极其强大的客观的象征性力量，渗透到人类生活之中，也在很大程度上以无意识的方式控制着人类的生活，还在特定的条件下转化为一对具体的男女间的特殊的爱情关系，使之具有超越两位情人关系之上的深刻意义。

**三、爱的永恒性和它的唯一性**

真正的爱情之所以永恒，是因为对于怀有真情的人来说，它是在不可重复的唯一时刻中所奔放出来的激情的结晶。不是任何人都可以在其一生中遭遇到这种能够产生激情的特殊时刻。唯有在奔放出恋爱激情的这一瞬间，人的肉体、精神和灵魂才巧妙地融为一体，并由此把生命深处所隐含的全部难以在通常情况下淋漓尽致地表露出来的情怀，以极端的形式集中地显露出来，以致使人自身感受到从未有过的一种超越，豁然开阔地同神的力量相沟通，从而把生命在刹那间以最灿烂的形式绽放出来。

要理解永恒性与一次性之间的辩证矛盾关系，就不能不更深入地探讨人类历史及文化所必需的"时间性"条件。

研究人类从自然向文化过渡过程的法国结构主义人类学家列维·斯特劳斯（Claude Lévi-Strauss, 1908—2009），通过对印第安原始部落最纯朴的神话故事的长期探索研究，发现历史以及作为历史本体基础的"时间性"具有连续性（diachronie）和共时性（synchronie）的双重特征。而被列入后现代思想家行列的法国哲学家德勒兹（Gilles Deleuze, 1925—1995）也指出：时间的存在形式就是"线条"（la ligne）、"圆圈"（le cercle）及"螺旋"（la spirale）。"螺旋"是"线条"和"圆圈"的综合和超越。时间的三重性质和结构，是一个辩证的连续过程。时间的三大时段（phase）是时间的三大综合（synthèse du temps）。线条阶段是时间的第一综合，这是时间的直线性的基础，也是通常人们所看到的那些现存的活着的事物，它构成了现存事物的无限多样的延续过程状态。第二时段是圆圈时段的基础，它是"纯过去"（un passé pur）时段的综合，又是现存的一切事物的未来和过往的交合。时间的第三综合是前两大时段的结果，同时又使时间具有新的秩序，它把时间的过去和现在，都归属于一种"开创性的未来"（l'avenir innovateur）。这第三时段是时间的最高综合，是一种"总时间"（le temps total），它隐含着其他一切时间，或者，更确切地说，它凝缩着一切时间；它甚至包括死亡，将一切可能的死亡都加以利用，以便在差异性的生产性的生成中摧毁线性的时间结构。因此，"永恒回归"保障了时间的现实化的创造性，但又同时摧毁时间的线性结构，破坏从潜在到现实的演变过程。所以，时间的第三综合，既不是基础，也不是根基，而是时间的颠覆和崩溃原则。正是由于时间的第三综合，才为一切新的创造开辟道路，也使尼采所说的"永恒回归"成为可能。

历史，本来是不可重复的，而且也总是由许许多多根本不同的一次性事件所构成的。但唯其如是，历史又只能在无限重复中显示各个一次性事物的永恒性。唯一性是永恒性的真正基础。在这里，永恒性已经远远超越了普通时间锁链的限制，在复杂交错的断裂性结构中，通过一次又一次的唯一性的出现，呈现其永恒性的超时空生命力。同样地，唯一性本身，尽管在具体的短暂时刻和有限空间中发生，但其内涵的价值却超出时空性而永远地刻画在人类历史上。

在《此情可待》中，程抱一先生借男主人公道生之口，说了这样一段话："总是这片多彩多姿的大千世界！斑斓无边，反复不尽。可你到这世上来，却是为了独一一张面孔！那张面孔，有朝一日相见，就再也不能忘记。没有那张面孔，大千世界总只是疏离、失落，不能存有趣味，不能存有意义。有了那张面孔，它的目光，它的话音，于是什么都有趣味，什么都有意义。不可解的神秘啊！没有钟爱的人，什么都是东分西散，飘若轻烟；有了钟爱的人，什么都是心心相印，不断会聚。"

真正的爱情，集中而深刻地刻画一次性的珍贵事件的意义，并使之凝固在精神生命的深不可测之处。这样一来，本来发生在特定的有限时空中的一次性事件，就奇妙地转化为非时空和超时空的神秘结构，深深地埋葬在心灵深处，成为一种永恒的纪念性事件。我们说，这种转化过程具有一定的神秘性以及转化的结果具有某种深不可测性，指的是这两种转化都无法用常人或自然科学的观点和方法加以测定和认识，甚至也难以感觉到。正如大家所知道的，常人和自然科学所能测定、认识和感觉的范围，始终是有限的时空范围内所发生的有形事物。现代科学技术的发展，也许可以部分地预测到或认识到从有形时空向无形的精神领域的某些转化过程及其结果的性质，但几乎难以全部地把握这些过程及其结果，更难以真实地重现这些事件。正是在这个意义上说，它们具有一定的神秘性和深不可测性。

爱的激情奔放的时刻，正是生命最可贵的瞬间。人的一生只要经历了哪怕是一次的这一瞬间，也就可以豪迈地说：今生无悔。

恋人间激情奔放的瞬间，是奇妙的，甚至具有一定程度的神秘性。诉诸于任何经验，参照于任何理性的知识，都无法真正探明人生最可贵和最幸福的激情奔放时刻。实际上,人性中总是隐含着一定的神性。也许,正是在激情奔放的珍贵时刻,神性突然恬然澄明,以其耀眼的光芒照亮生命的存在场域。

《此情可待》中的道生与兰英之间之所以形成了不可摧毁和难以泯灭的爱情,就在于他们双方都曾经、并持久地寻求生命的崇高力量,顽强地探求自我超越的无限可能性。在《此情可待》中,多次描述道生和兰英所经受的精神折磨以及在他们陷于极度苦恼时所展现的思路。书中有一段是这样描述的:"这里,道生惊跳了一下:就这样莫知所从,把事物等量齐观么?他的内心折磨使他不得不猛然惊醒过来。天地间总该有个大道理吧?该有什么主宰一切吧?他殷殷念及当年在道观所受到的教示……道生记得的,那思想说明的是:万物都相互维系,人间征兆和乾坤征兆是密不可分的,在这庞然整体中,维系一切的既非绳索,亦非链条,而是浩然元气。是它主宰一统与变易啊!是的,混沌之初,元气分化为阴、阳、冲虚之气,由它们交互激荡才滋生了天地、万物。一旦宇宙形成,这些生气继续运转,不然宇宙就不得持续了,可是别忘记,这也是方丈一再说的,宇宙几经混乱、失常,并非所有生气均为有效,多少生气变成了邪气,它们都凶恶有害,不得不提防。因此求真义时,'神圣'之念是不可缺的。神乃气之最高境界,易经不是说:'阴阳不测是谓神?'神圣之气,它才是真正准则,是它保证大道和谐运行,是它保证"生生不息"。这些固然是关系宇宙乾坤的大道理,用到人间万千'小我'又何尝不为真义，人身不止是血肉之躯，它也是气之凝聚。身与身之间亦是神气维系的呀……想到这里，道生不禁因自己的过于战兢、畏缩而自惭了。一股振奋之气自内心生起。兰英和他，要是命中注定，将不尽是一点情的维系，而必是气的维系、神的维系。想要扭转命运，得看他是否聚精会神成为真人了。"

由此可见，道生与兰英间的爱情尽管是在最初的一见钟情的瞬间形成的，但是，这一见钟情所表达的双方激情，却是他们两人生命中的精华品格的集中流露；同时，这激情也一再地在此后的思恋折磨中得到不断提升。所以，在《此情可待》中的另一段又以奇妙的语词，描述了道生与兰英间的伟大爱情的永恒性："这是个超乎语言、超乎想象的时刻，沉默而沉醉的情意交融的时刻。两只手密密贴合所给予的亲切，绝不下于两道眼光相映、两个面容相贴所能产生的。五瓣的花冠开启时是只自内向外翻转的暖手套，把最温馨、最隐秘的层次都展露出来，任凭那频频而过的清风吹拂，或是齐涌而来的蜂蝶采啜。在手指交织的两手间，最轻微的战栗都发出翅翼拍打的飒飒声；最轻微的按压都激起波纹闪烁的涟漪。手，这高尚的爱抚器官，它在此所抚摸的不仅是另一只手，而是另一只手的爱抚。互相抚摸对方的爱抚，这一对倾心交谈的人坠入了酣然之境。这境界该是在童年时代就梦幻过的，或竟是在前生。纠缠的脉络继续灌溉着欲念，与生命的根相连；注定命运的手纹伸延向远方，直到好远，直到天外星辰的浩瀚无边……"

因此，当他们的眼神激情奔放的珍贵时刻，也正是他们的爱情凝固成非时间的永恒的时候。谈到这种稀有的一次性的永恒，《此情可待》是这样描述的："此情此景确是人间罕有。两人皆深知这是独一无二、难得再来的诉说机会。开始，他们腼腆地找求字眼去追寻初遇的那夜，三十年前那如梦如幻却又历历在目的一夜。每道出的一句话都让一个片断从记忆中潜出，浮现到表面。每一个片断又引出另一些片断。你一句，我一句，慢慢地说着，全景逐渐织成了。真是全景么？还有那么多细节有待搜寻！越说越脱离拘束，他们的激情愈浓，实在不愿自那重温旧景的趣味中走出来。那不是什么偶然造成的场景，那是决定了他俩这辈子路途的神圣源头。从那源头开始，两人各自依循九曲七折的弯道，总算流出了贱微的生命之河。这两道河，现在只有靠语言之河重新再现了。"

人类生命是最复杂的存在形式。因此，在生命过程中所发生的一切，既要求在可见的时空结构中进行，又可以在"超时空"的不可见领域中发生。属于精神生命的爱情，固然要在可见的、占有时空结构的肉体中存在，但更重要的是，爱情不可避免地要在肉体以外的"非时空"和"超时空"的精神和心灵领域中显示出来，并在那里留存和延续下来。

说到真正的爱情中所隐含的珍贵价值的永恒性，并不意味着它们发生在正常的人类日常生活之外，也不意味着夸大爱情的不可知性，同样也不意味着悲观主义和虚无主义。

问题的真正意义在于：人类生活，永远都是由复杂的多种层面和交错的结构所构成，其中一部分是可感的和可见的日常生活的通俗循环，这是人人可知、可见和可感的，也可以说是真正意义上的一次性事件，即瞬时即逝的事物，是在生活的表面漂浮不定的事物，就好像水流上方忽现忽逝的泡沫，经不起时间的载运，而所有这些事件又经常出现在人类生活的大多数时空层面中，以致使人误解地以为它们就是生活本身。但是，像《此情可待》中的道生和兰英那样对生活和爱情具有深刻理解和体验的生死恋人来说，生活绝不仅仅是漂浮在日常生活时空结构层面的事物的总和，而毋宁是经由有形的表面向无形和不可见的审美境界的飞跃所构成的超越性世界。向超越性世界的精神追求过程，并非轻而易举的，它必须付出代价，甚至是不可计算的代价。这种代价，就是在道生与兰英之间所产生的真爱过程中不可避免地遭遇到的种种苦难，其中包括无数次无法通过计量而界定出来的精神磨炼，也包括无数次令人心碎和难以言尽的相思之苦。

所以，永恒性和一次性的关系内在地交错在一起，无法分割。首先，无论是永恒性还是一次性，都具有时间和空间的特定结构。从这个视野出发，两者都被限定在特殊的时空架构中，因此，在人类历史的广阔境遇中，它们占据特有的历史地位，是无可替代的。但同时，永恒性和一次性又可以在超时空的无限世界中交错地相互渗透而存在。这样一来，两者就超出时空的范围获得了永恒存在的可能性。永恒性和一次性，从它们的时空架构飞跃到无限的超时空世界中，必须具备一般事物所没有的稀缺条件，这主要指的是两者具有从有形结构转向无形力量的可能性。在人类历史上，一切发生的事物，都是极其复杂和多样化的，同时又随时可能发生变化。因此，从复杂性的层面来看，世界上的事物，特别是人类社会和文化领域中所发生的现象，都因具有复杂性、多样性和可变性而自我蜕变，有可能转化成极其复杂的另类现象。

其次，更复杂的问题还在于：人类社会和文化现象，始终都与人的生命本身的自我创造性联系在一起，同时又同社会和文化本身具有自律性的生命力联系在一起。因此，永恒性与一次性的交接点，很有可能发生在恋人自身所无法控制和预测的领域，特别是在人类文化和社会历史的复杂结构中，隐含在由个体和集体所交错进行的无数次的文化创造活动中。

更具体地说，第一，人的生命永远不满足于现状，永远都要、并可能从现实的存在条件出发而实行自我超越。因此，人的生命不停地进行自我创造，致使人的生命不但永远超出有形的时空条件，而且也一再设法超出由自身创造的无形文化条件；并且，当人的生命进行上述双重超越的时候，始终伴随着发自生命内部的无止境更新的欲望和动力。人类生命的这种自我超越特性，固然表现在一系列实际生活中，但尤其体现在与人类生命的精神和心灵层面的情感欲望世界紧密地相连的爱情过程中。

如前所述，一切最复杂的历史和社会事件，总是要在爱情生活和人类性关系中体现出来。如果说，一般的爱情就已经包含了发自生命的强大超越力量的话，那么，在类似道生与兰英之间的那种充满激情的爱情中，就包含更强大无比的精神超越动力。这主要是由于三方面的历史具体原因，即：（一）道生与兰英这一对恋人的生命中所隐含的崇高精神力量，而他们的崇高精神力量是他们历经一生不停地累积和一再熏陶的产物；（二）道生与兰英所处的明末社会及其特殊的文化条件；（三）明末时期中外两种文化力量相互渗透、交流和沟通所推动的文化重建的优越条件。但是，仅仅表面地分析上述三方面的原因，远不能揭示发生在道生与兰英之间的爱情所隐含的永恒力量。因此，更重要的是，还必须结合道生与兰英的个人意识、秉性、性格、爱好、品位以及情感因素的特殊性，更深入地分析他们之间之所以能够发生如此动人的爱情关系的原因。

第二，要真正理解《此情可待》中道生与兰英之间爱情的永恒价值，必须善于将上述三方面的原因有声有色地交错成具有自身创造生命力的历史情节本身。程抱一先生在本书前言中提到：不同文化之间的交流固然有必要，也有意义，但它是非常困难的，甚至是难以实现和难以表达的。这种不同文化力量之间的交流，要求参与者超越表面差异，进入个人存在的深层：那里才是生命面临其创造极限之所在。所以，对于理解发生在明末的那段动人爱情的永恒意义，不仅要求理解者真正深入到明末历史文化的深层，特别是渗入到当时已经深入进行的中外文化交流的漩涡中，把握当时的中外文化精英分子的精神生命内部的精华，同时又要求理解者自己对自身生命的意义有深切的体会。但是，这样还不够，问题还在于理解者，如同他们所要理解的对象，如道生与兰英那样，确实领会到自身作为具有语言沟通能力的生物，是不是有强烈的愿望去发掘语言的宝藏和思想的无穷能力，并善于展开精神创造的翅膀，穿越历史的隧道，细心体谅上述穿越过程中所经受的每一个细微的反应，然后又以想象和情感的体验能力，尽可能超乎普通语言的层面，在"语言之上"或"语言之下"，甚至借助于语言之外的各种可能的象征性符号，去领会只有充满激情的情人才能体验到的那个最珍贵的一瞬间：就像一个眼神，一道微笑，就足以使双方坦诚以对，刹那间即向对方展示出一切本来难以把握的内在奥秘。这种情况，生动地展现了从具体到抽象、到想象，从有限到无限，从有形到无形以及从明朗到神秘的转化过程，也就是重演从经验到超越、从此岸到彼岸的复杂穿梭过程。这是既通过语言又超出语言的探索和体验过程，也是从一个生命走向另一个生命内部的相互拥抱和相互渗透的过程。

**四、美的永恒性及其历史性**

《此情可待》所讲述的主要人物道生与兰英及其爱情生命，固然呈现在具体有限的历史时代中，作为和所有的爱情相类似的具体事件，不管具有何等感人的震撼力，也不管经历何等动人的恋爱情节，毕竟有其自身所固有的时空限制，因而也有其自身的生与死、开端与终结。换句话说,恰恰是因为这段爱情发生在人世间,它们不可避免地具有人世间一切生命所普遍遭遇的悲剧性命运。但是,同样是人世间所发生的各种具体悲剧,特别是爱情悲剧,却因具体爱情事件所结合的两个情人之间的精神境界的差异,可以产生截然不同的历史价值。

重要的是,《此情可待》所描述的那对情人的精神境界,具有常人所难以达到的崇高性,使他们的爱情承载着人类精神世界中最珍贵和最高尚的力量,产生出连他们自己都无法估计的超越历史樊篱的永恒精神。所以,时隔400多年之后,正当人类历史经历从未有过的文化悖论的时刻,那潜伏在道生与兰英之间的爱情中的人性永恒价值,再次跳出历史的框架,以挑战式的重现,向21世纪提出了符合人类不断"发出惊异"的本性的深刻问题。这也就是程抱一先生在此时此刻发表这本《此情可待》的用心所在。

关于历史中的一次性与永恒性的上述相互渗透和交叉的关系,由著名人类学家列维·施特劳斯(Claude Lévi-Strauss,1908—2009)所提出的结构主义时间观以及由同样著名的哲学家柏格森(Henri Bergson,1859—1941)所提出的"超空间的时间"或"非数学的非单线性时间"等概念,也许可以从更高的哲学高度来深刻理解。

## 五、美的至善本质

美,在本质上是善;最美的就是最高的善(le bien suprême)。

因为那为恶服务的虚假、欺诈的"美",已不是美,而正是丑。相反,真美总是指向和谐,指向升华,指向"众生之所好,之所归",所以它与善是同质的,甚至于是善的最高表现。美与善之间没有不可逾越的鸿沟。凡是美,就具有强大的博爱精神,它容得下一切,具有无限的性质。因此,美,具有最宽阔的胸怀,最深邃的慈爱力量;美还拥有最强大的容忍性,可以包容一切最杂多和最多元的事物,甚至包容一切异质的事物。美的这种包容性,显示了它的无穷生命力和永恒存在的可能性。也正是在这个意义上说,美是随时可以被召唤的永恒事物,也是随时含有"待发性"的原初生命。

生命本身,在本质上,就是美;也就是说,美是生命本身最强大的内在力量,是生命的本质,是生命所追求的最高目标,也就是生命的最高价值;没有美,生命就没有意义,反过来说,恰恰是美,才使生命具有崇高的意义。

从生命的本体论基础来看,生命的生存过程总是决定于它内部自我生长的"生存意向性"(l'intentionalité de l'existence),而生存的意向性总是导向美的方向,选择最美的生活方式。

所以,生命全靠其自身的内在意向性而审美地生存于世。研究生命本质的法国著名哲学家柏格森在给美国哲学家威廉·詹姆士的信中指出:"生命从头到尾都是一种注意力现象[①]。"也就是

---

① Bergson, Melanges. Paris. P.U.F. 1972: 581.

说，生命是以生命自身内在成长的生存意向性为其动力基础。生命不需要靠它之外的异质力量，也不需要它之外的"他物"作为其生存的基础。生命是自我确立（autodetermination）、自我给予（auto-donnation）、自我生产（selbstreproduktion；autopoiesis）、自我观察（selbstbeobachtung）、自我组织（selbstorganisation）、自我创建（autoconstruction）、自我更新、自我参照（selbstreferenz）和自我付出。

生命固然离不开它周围的事物，但一切在生命之外的外在因素，充其量也只是生命的自我实现（selbstverwirklichung）和自我显现（selbstdarstellung）的"环境"（umwelt）[1]；而环境对生命本身究竟发生什么样的影响，归根结底，也决定于生命对环境的选择和处置方式。所以，从最后的意义上讲，"环境"对生命只能扮演辅助的和中介性的角色。

任何生命，依据于其自身内在的意向性，在其所遭遇的世界中（或世界上）自我显现，并继续依据它与其所在的"生活世界"的变动的和不断变化的关系，不停地修正、补充、充实和重建其生存的意向性。

生命的自身意向性靠其自身的自我观察和自我参照，不断重塑其自身的生命力及其生存方式[2]。所以，在这个意义上说，生命

---

[1] Luhmann, N.Autopoiesis als soziologischer Begriff. In 〈Ko；unikation und soziale Differenzierung〉. Frankfurt am Main. 1987: 113
[2] Henry, M. De la subjectivité. Tome II.: Phenomenologie de la vie. Paris. P.U.F. 2003: 54.

是以最不确定和随时随地变化的源初显现方式，呈现于它所面临的世界。

生命的这种生存不确定性，恰恰表明生命生存的永恒创造精神。生命永不会满足于现状，永远追求新的超越目标。生命的不断超越的创造精神，使生命具有永远更新的审美能力，具有永远创新的审美动力。

任何生命的"生存于世"，都具有不可化约和不可归纳的独特的个体性的性质，并以其独特的自我显现方式，呈现于其所遭遇的生活世界中。反过来，任何现象的自我显现，都具有生命的个体独特性和不可取代性。所以，生命的独特的自我显现方式，也是在特定情况下生存的具体生命现象的一个组成部分。

其实，按照现象学的基本原则，现象之为现象，就在于它的自我显现及其在世过程的自我创造性。因此，任何现象的存在、延续、更新和消逝，都是一种特殊的生命现象。现象之为现象，其重要性，不在于现象的既在既定的显现样态，而在于它的特殊的呈现方式。呈现过程的生命性，使现象的呈现比现象本身更有意义，更具备生命的特色，更显现出它活生生的呈现过程的特有性。所以，德国现象学家海德格尔强调：现象呈现的这种特有独特性，总是、也只能采取个体化（individuation）的模式，它是不可归纳和不可一般化的。

问题在于：任何生命的显现，都呈现出它的审美方向和审美价值。美，作为"存在于世"的最优化方式，是生命自我呈现的独一无二的产物。在这个意义上说,美是生命的珍贵性及其无价性的内在基础。生命,在其自我显现中,总是将其深含于自身生命基础的意向性,朝着其所选定的最美方向发展。所谓"最美的方向",指的是生命的内在生存意向性进行自我选择而认定的"生存意义"。

法语的"方向"(le sens)是双关语:它既是"方向",又是"意义"。一个种子,以其自身内在的强大生命意向性,面对所处的世界的特殊而复杂的关系网络环境,总是选择对它的存在和发展最有利的方向,脱颖而出,并持续地不断顽强调整其生命生存同它的世界的关系,采取最优化的生存形式展现开来。种子生命的固有显现逻辑,使种子的生命,永远朝着它自身的生存意向性的瞄准目标,实现其自我显现。

法国著名哲学家米歇·昂利(Michel Henri)指出:生命的延续和更新是它靠自身的"自我给予"、"自我赐予"(auto-Donnation)、"自我付出"和"自我激发"(auto-Affection)。这种自我给予,是一切生命现象的自我呈现过程,也是生命的爱的本质的主要表现,是生命作为生命的基本特征。所以,生命的"自我付出"和爱,是作为最原初的生命现象的自我呈现的基本形式,无需理由,也无需根据,无需回报;它完全是无条件地和自然自在地实现[1],因为生命本来就是这样自然,以如此这般最原初的显

---

[1] Marion, J.-L. La raison du don, In 〈Philosophie〉, Paris. Editions de Minuit. 2003: 3—5.

现而完成其自身的自我实现。

总之，生命的本质是爱，是自我付出；自我付出越多，生命越表现出它的生命力和创造性；由于生命的自我给予在实质上就是自我付出；自我付出就成为生命的自我生产的基础。生命的自我付出越多，它的自我生产越活跃，自我生产越具有自我更新的可能性。生命的自我付出，它的无代价和无私的自我赐予，乃是生命的大爱精神的体现，也是生命的美的至善本质的明证。

同人类认识活动中追求真理的永恒力量相比，同历史上出现过的无数英雄人物或伟大人物的广阔胸怀相比，美的广阔胸怀、深邃慈善心以及它的柔怀宽容性，是至高无上的。在美中所凝聚和体现的这种至善品质，远远高于伦理道德所宣扬的至善性。所以，美的至善本质不能简单地与其他领域中的善的品质相比拟。

程抱一先生在2006年发表的《关于美的五次沉思》法文版中，开宗明义指出："在这样一个处处呈现贫困、连连盲目暴行以及自然和环境灾害一再降临的时代中，谈论'美'似乎会被认为是不恰当、不合时宜的，而且还带有哗众取宠的嫌疑，甚至也可能被认为是一种丑闻。但是，恰恰也由于这个理由，人们可以看到，作为恶的对立面，美，正处于我们必须面对的充满恶的现实世界的另一端。我坚信：我们负有紧急的和永恒的任务，揭示构成生命世界的两个极端面的不同神秘性：一端，是恶；另一端，是美。"

是的，只要仔细地翻阅人类历史，只要以沉思的态度体验我们的现实生活，其实，我们所经历的真正生活世界，永远都是由善与恶、爱与恨相互渗透和相互对立的力量所构成的。人们往往习惯于把善与恶、爱与恨对立起来，以致看不到两方面始终交织在一起的真相，甚至误解两者在本质上和在本体论意义上的对立，并以此为基础而设定两者在现实中的相互排斥和对立，甚至把两者看作是相互孤立的实体性事物。

尽管人类历史悲剧一再重演，人们却受到上述观点和思维模式的麻痹，难以发现世界的两个极端力量之间的交错性结构及运作逻辑。这本身就是人类文化及其历史的悲剧，也是人类生命、文化及其历史的神秘性的表现。

所以，程抱一先生特别指出，从历史中获得启示，特别是从人类的爱的历史中唤起爱的激情，从反复发生的历史悲剧中吸取教训，是当代社会最紧迫的任务。这是因为人类为自身无可逃脱的历史悲剧所付出的代价已经足够达到自我觉醒的程度，也因此获得了从悲剧中实现自我超越可能性。

但是，另一方面，还要清醒地意识到：人类具有一种特殊的能力，包括具有创造极大的恶的能力；同时，人类还永远享有思想自由，可以各自独立地以其自身赋有的强大精神力量，对他们所执著地追求的善或美的目标，或者有意，或者无意，使他们自身沉迷于仇恨与暴烈，并不断地挖掘足以毁灭人性本身的无底的罪恶深渊。这是人类自身及其文化的历史悲剧不断重演的人性基础，它本身具有不可理解的神秘性，这也正是人们必须正视自己以及不断反省自己的原因。

正因为如此,一种难以言说和难以避免的神秘力量,经常以神不知鬼不觉的不可见形式缠绕着我们的意识,导致一系列难以愈合的悲剧性创伤。

然而,人类毕竟认识到美的存在及其强大生命力。所以,可喜的是,在恶的悲剧连连发生的人类社会中,美始终以其不可抑制的创造力,在人类生活中显现出来,并同恶直接相对抗,为人类历史的延续性和持久性提供无限的希望。美的持久性、不可抗拒性、自然显示性及其向恶势力和各种绝望进行挑战的强大能力,同样也以某种奇妙的逻辑,显示出它谜一般的神秘性和不可抗拒的诱惑力。

《此情可待》正是面对美与恶的双重存在及其挑战,借助于流传400年的过往恋爱故事的复活,经历了由中国漂流到西方的奇遇式历史的筛选和见证过程,向当代人类文化重新提出关于爱和美的永恒主题,并试图再次检验爱与美对于恶与丑的势不两立的对抗本质。

## 六、美与恶

恶,总是要吞噬美,要占有美,攫取美,并践踏、亵渎美,直至美被摧毁和消失为止。然而,美是摧毁不了的,因为美将以其坚韧兼容忍的神奇生存毅力,持久地与恶抗衡。

通常人们往往将"美"与"丑"对立起来。但"美"的真正对立面,其实是"恶",而不是"丑"。丑不过是在形式上不那么令人赏心悦目罢了,但不会去破坏与它异己的美。恶却不然,它总是要摄取、占有和破坏美的东西。恶对美的占有,并非出自爱美之心,不是以一种鉴赏和保护的态度将美融入自身,追求自身的提升,而是为满足恶自身的贪欲与拙劣之心,以致使恶不择手段地和无所不用其极地力图占有美和淹没美,以便达到破坏它、摧毁它和消灭它的阴险目的。然而美与恶并非完全的对称,恶总是导向死灭,而与爱结合的美却正是生命滋生、重生的主旨。

正如汉娜·阿伦特对恶势力的评价那样,恶具有古怪的"无本质性",因为它并非实体,不是东西,它是以"非存在"或"反存在"的形式出现。正是由于恶的这种无本质性,它如同变幻多端的妖魔,以多种不可捉摸的形式显现,如同寄生虫附着在母体上,它处处寄生于各种实体中,不但从其寄生的各种母体中榨取养分存活下来,而且还以最狡猾的途径在母体中伪装自己,并借助母体来达到自己的目的。

也正如阿伦特所言,恶具有极端性,因而是惨无人道的,又是平庸的、肤浅的。我们可以说,美才真正是极端的、深刻的,但美的极端性在本质上不同于恶的极端性:美的极端性,显示了它始终具有完满和永恒的可能性,而恶的极端性则表现在它的无止境的残暴性及其彻底丧失良知的特征,同时,也表现在了恶的深渊的无底性,表明恶自身的永无止境和永无限度。在这个意义上说,恶是无生无死的,是真正没有生命的,是同生命的本质相对立的，也就是说，是彻底反生命的东西。

所以，列维纳斯还指出："存在是恶，并不是由于有终止，而是由于无限定[①]。"（L'être est le mal, non pas parce que fini, mais parce que sans limites.）这就是说，当存在作为没有限定的事物而显现的时候，它就意味着无限定的恶。一切恶的恐怖性和残暴性，正是在于它的无限定性；它永远没有界限，它没完没了地试图扩大它的地盘，并试图霸占一切事物，尤其是霸占美。因此，恶也是一种类似癌症的东西，它具有无限扩大，或甚至拼命地和疯狂地扩大地盘的特点。在这种情况下，任何对它的妥协和让步，都无法阻止它，也无法改变它的本性。

为此，在恶与美的斗争中，恶会玩弄种种阴谋诡计，甚至以暴力的手段打击和破坏美。但恶对美的态度恰恰说明了恶的虚弱性，说明它没有资格、也没有别的办法与美分庭抗礼，无力与美公平竞争，所以它只能采用低俗卑劣的手段对美进行打击破坏。所以，恶虽肤浅，但绝不能忽视它的破坏力，由于它的寄生性和它对其所寄生的母体的选择的任意性，它有时会与理性相结合，有预谋、有组织地利用周围的条件，满足自己的破坏欲望，产生巨大的破坏力。

尽管恶是鄙俗和危险的，但它的存在是必然的。也正是由于恶的存在才激发、并衬托出美之为美的特性，也因此显示美的不

---

[①] Levinas, Le temps et l'' autre. Paris. P.U.F. 1979: 29.

可或缺性及其必要性。这也就是说，美的存在及其对恶的永不妥协的斗争性，衬托出美的伟大品格。美只有在其对恶的斗争中，才彻底地显示美的存在的价值。反过来，恶对美的无止尽的破坏活动，不但暴露恶的丑恶本质，而且也进一步体现美的高尚品质，显示美敢于承担对恶进行斗争的伟大责任。

恶虽然是不可消除的，但美也永远不会被恶彻底摧毁。充其量，恶只能毁掉美存在的某种形式，而不能抹灭美的本质。当美的一种形式被破坏时，另一种形式会即刻显现。美的形式亦是层出不穷的。美在与恶的抗争中，显现了美的永恒特质，突显了美自身的生命力量及其永恒再现可能性。美会在对恶的抗争中将自身的审美特质发挥得淋漓尽致。

美的存在以自身为目的，是存在者自身的升华，美的深刻性永远非恶的平庸所能匹敌。

但由于恶的无本质性和寄生性，它有时会附着在美的事物身上，利用美的事物来彰显恶的力量，占有作为母体的美的事物，同时破坏其他的美。这会带来美与美相互矛盾和冲突的假象，让人看起来是美与美相互冲突，不能两全的悲剧，但实质上是潜藏的恶捉弄了美，是恶在背后摆布，制造障碍，将枷锁缠绕在美之上，束缚了美的手脚，遮蔽了美的显现。因而，我们应该用敏锐的目光发现潜伏的恶，剔出真正的障碍所在，避免被恶蒙蔽，错误地对待美，乱了寻美的脚步。

也正是由于恶的无本质性和寄生性，当美的事物不幸作为恶的母体，替恶发挥了力量时，我们不能因为美被利用，表现出破坏力，就将美及附于其上的恶一起不加分析地全盘否定掉。相反，我们应该识别、区分出恶与美，帮助美摆脱恶的缠附，认清美的本质，保护美，扩散美的光芒。

对美的事物的追求本身亦是美。但这种追求，不是与恶愚蠢地作鱼死网破的斗争，而是要把力量和智慧相结合，使美本身呈现出自信、宽容、大度和远见卓识。美要在拒绝软弱的同时，采用巧妙的方式，使追求美的方式自身亦呈现出美的力量和生命力。美所具有的智慧是以美的事物的内在生命力为依据的，它靠的是一种对美的信念的力量作支撑，因而它才能抵抗对美的追求路上所遭遇的疲倦与困惑，才能有信心在寻美的路上披荆斩棘。

世界上最大的悲剧不是两种美的冲突，而是美向恶低头。世界的存在靠美对恶的抗衡性。只有美的存在及其对恶的抗衡，才使世界存有希望，才使生活出现光明的可能。

但是，可悲的是，恶始终伴随人性与社会。主要是因为人性本身始终包含"缺乏"，世界本身也同样包含"缺乏"。人永远只能作为有限的存在而活着。"缺乏"和"有限"对人来说，一方面可以作为推动人不断超越的动力基础，鼓励人不断寻求克服"缺乏"和"有限"的超越途径，寻求自我创造和开辟未来希望的可能性；另一方面，"缺乏"与"有限"又成为人的生存的消极条件，促使人产生克服本身"缺乏"和"有限"的邪恶欲望；再加上人的理性有可能也在这种情况下变成消极的因素，在不择手段地寻求克服"缺乏"和"有限"的过程中,理性不但未能成为限制邪恶的合理力量,反而成为邪恶的帮凶,使人千方百计地使用理性的力量,加强其自身实现邪恶欲望的手段。正如程抱一先生所说,当人只考虑本身的利益而又感到不能满足的时候,其"缺乏"和"有限",将成为罪恶的必然动力,而理性也在这种情况下促使人不断执著地、而且也狡猾地坚持向恶的深渊发展,导致人类有可能制造出别的存在物所无法设计和建造的"无底的罪恶深渊"。

但是,归根结底,不管恶的必然存在性,也不管恶的阴险性及其无止境性,由于美的存在及其永恒力量,使生命永远隐含希望,也使爱情永远具有正面的积极创造精神,在历史发展中,展现生命和爱的珍贵价值。《此情可待》的重要意义,就在于此。

2006年10月至2008年2月,巴黎